LOS MEJORES CUENTOS DE AMOR

Chejov, Kafka, Dickens, Poe...

# LOS MEJORES CUENTOS
# DE AMOR

Mestas
ediciones

**Selección**
**CLÁSICOS UNIVERSALES**

© JORGE A. MESTAS EDICIONES, S.L.
Avda. de Guadalix, 103
28120 Algete, Madrid
Tel. 91 886 43 80
Fax: 91 886 47 19
E-mail: info@mestasediciones.com
www.mestasediciones.com
http://www.facebook.com/MestasEdiciones
http://www.twiter.com/#!/MestasEdiciones
© Traducción: Mestas Ediciones

Director de colección: J. M. Valcárcel

Ilustración de cubierta bajo licencia Dollar Photo Club
Autor: Goccedicolore

Segunda edición: *Diciembre, 2015*

ISBN: 978-84-92892-89-1
Depósito legal: M-16381-2015
Printed in Spain - Impreso en España

# INTRODUCCIÓN

Me atrevería a decir que no hay nada más importante que el amor, pues el ser humano necesita de él como respirar. La vida está basada en este sentimiento. Cuando nos falta, algo no funciona bien en nosotros, nos sentimos huecos, vacíos y con la sensación de que alguien nos ha robado algo que nos pertenece. ¿No es verdad?

El amor cambia el mundo, es la mayor fuerza de creación. Pequeños o grandes actos de amor son los que llenan de alegría nuestros días. Cuando nos sentimos enamorados nada ni nadie puede desdibujarnos esa sonrisa de felicidad en nuestra cara. Nos sentimos felices porque sí. No son necesarias más razones. En esos momentos sabemos que la vida tiene todo el sentido del mundo.

En 1996 Giacomo Rizzolatti descubrió las neuronas espejo, que son una cierta clase de neuronas que se activan cuando una persona o animal ejecuta un movimiento, o cuando imagina u observa ese mismo movimiento siendo ejecutado por otra persona o animal. Las neuronas espejo hacen que sintamos en nuestro cerebro lo que vemos de verdad o imaginamos. Literalmente esta serie de neuronas nos convierten en lo que vemos o imaginamos la mayoría del tiempo. Si vemos desgracia en el mundo, nos hacen sentir empatía con esa sensación y nos sentiremos automáticamente desgraciados. Pero ¿qué pasaría si viésemos o imaginásemos amor en el mundo? Pues que esas neuronas harían que nos sintiésemos amados; alegres y felices.

Esa es la razón por la cual nos gusta leer historias o ver películas de amor. Nos hace experimentar las sensaciones que desarrollan los protagonistas. Los entendemos perfectamente porque no hablan con las palabras, hablan con el alma y con el lenguaje más universal de todos. Ese lenguaje que enseña una madre a su bebé a base de miradas, caricias, mimos y abrazos. Ese lenguaje que utilizamos instintivamente desde el primer momento que nos sentimos enamorados. O como dijo el extraordinario poeta portugués, Fernando Pessoa: <<Amo como ama el amor. No conozco otra razón para amar que amarte. ¿Qué quieres que te diga además de que te amo, si lo que quiero decirte es que te amo?>>. El amor ama como ama el amor.

En el presente libro encontrará una recopilación de los mejores cuentos de amor de la historia, con el deseo de que estas narraciones le llenen de alegría, felicidad y esperanzas para que siga viendo la vida desde el optimismo que da saberse querido. Aquí descubrirá obras maestras como "La dama del perrito" de Anton Chejov, un extraordinario ejemplo de cómo almas solitarias pueden llegar a encontrar el amor verdadero en las situaciones más corrientes y aparentemente insulsas. También encontrará a Oscar Wilde con su "El ruiseñor y la rosa", un relato mágico que nos muestra la verdadera dimensión del amor. Otros grandísimos autores que podrá disfrutar aquí son: Charles Dickens, Emilia Pardo Bazán, Franz Kafka, Horacio Quiroga, Mary W. Shelley, Leopoldo Alas "Clarín", Edgar Allan Poe con su "Eleonora", Benito Pérez Galdós y Henry Harland. Obras que sin duda le llenarán el corazón de sentimientos y la cabeza de ideas para trasformar su mundo. El lema de Mestas Ediciones es "porque un libro puede cambiarte la vida". Y no le quepa la menor duda de que éste es uno de esos libros que puede obrar ese milagro. Créame si le digo que hemos puesto todo nuestro cariño para que el ingenio de estos autores salga fortalecido en esta edición. Esperamos que la disfrute leyendo este libro tanto como nosotros realizándolo.

**El editor**

# EL AUXILIAR DE LA PARROQUIA

Un cuento de amor verdadero

*( The Parish Clerk )*

## Charles Dickens

( 1812 – 1870 )

# EL AUXILIAR DE LA PARROQUIA

Había una vez, en una pequeña ciudad de provincias muy alejada de Londres, un hombrecillo llamado Nathaniel Pipkin, que trabajaba en la parroquia de la diminuta población y vivía en una casita de la calle High, a unos diez minutos escasos a pie de la pequeña iglesia, y a quien se podía encontrar de nueve a cuatro, todos los días, enseñando algunas materias a los niños del lugar. Nathaniel Pipkin era ingenuo, inofensivo y de carácter bondadoso, con la nariz respingona, algo zambo, bizco y un poco cojo. Compartía su tiempo entre la iglesia y la escuela, con la total seguridad de que no existía ningún hombre tan inteligente sobre la faz de la tierra como el pastor, ninguna cámara tan grandiosa como la sacristía y ninguna escuela tan bien organizada como la suya.

Solo una vez, una única vez en su vida, había visto a un obispo... a un verdadero obispo, con las mangas de lienzo y su peluca. Lo había visto pasear y lo había oído hablar durante una confirmación, y se sintió tan abrumado por el fervor y por el miedo que, cuando el obispo que acabamos de mencionar puso la mano sobre su cabeza, se desmayó y fue sacado de la iglesia en los brazos del pertiguero. Aquel había sido un insigne acontecimiento, un momento fundamental en la existencia de Nathaniel Pipkin, y el único suceso que había logrado alterar el leve discurrir de su tranquila existencia, hasta que una hermosa tarde en que se encontraba completamente ensimismado en sus pensamientos, levantó los ojos de la pizarra por casualidad -donde se encontraba resolviendo un horroroso problema lleno de sumas para un golfillo desobediente- y éstos se posaron, inesperadamente, en el luminoso semblante de María Lobbs, única hija del viejo Lobbs, el poderoso guarnicionero que vivía justo enfrente. Lo cierto es que ya los ojos del señor Pipkin se habían posado con anterioridad, y con bastante frecuencia, en el bonito rostro de María Lobbs, tanto en la iglesia como en otros lugares; pero nunca los ojos de María Lobbs le habían parecido tan radiantes, ni las mejillas de María Lobbs tan lozanas como en aquella ocasión. No es de extrañar que Nathaniel Pipkin fuera incapaz de apartar la mirada del rostro de la señorita Lobbs; tampoco es de extrañar que la señorita Lobbs, viendo los ojos del joven tan fijos en ella, retirara su cabeza de la ventana donde estaba asomada, la cerrara y bajase la persiana; no es de extrañar que Nathaniel Pipkin, inmediatamente después, se dirigiera al pequeño granuja que antes le había incordiado y le diera un capirotazo y algún sopapo para desahogarse. Todo ello fue muy natural, y sin nada digno de mención.

Sin embargo, de lo que sí hay que asombrarse es de que un hombre tan tímido y sensible como el señor Nathaniel Pipkin, teniendo unos ingresos tan baladíes como él, tuviese la osadía de aspirar, desde ese mismo día, a la mano y al corazón de la única hija del iracundo viejo Lobbs... del viejo Lobbs, aquel poderoso guarnicionero, que podía haber comprado toda la ciudad de un golpe sin que se resintiera su amplia fortuna... del viejo Lobbs, que tenía tanto dinero invertido en el banco de la población con mercado más cercana que, según se decía..., poseía innumerables y cuantiosos tesoros escondidos en una pequeña caja fuerte con un ojo de la cerradura enorme, sobre la repisa de su chimenea, en un salón de la parte trasera... y que, como todos conocían, en los días de fiesta adornaba su mesa junto con una auténtica tetera de plata, una pequeña jarra para la crema y un azucarero, que, según alardeaba con el corazón hinchado de orgullo, serían propiedad de su hija cuando ésta encontrara a un hombre digno de ella.

Y cuento todo esto porque resultaba  verdaderamente asombroso y extraño que Nathaniel Pipkin cometiese la temeridad de mirar en aquella dirección. Pero el amor es ciego, y Nathaniel era bizco, y es posible que la suma de esos dos hechos le impidiese ver las cosas tal y como son.

Eso sí, si el viejo Lobbs hubiese tenido la más remota o vaga idea del estado emocional de Nathaniel Pipkin, habría devastado la escuela, o borrado a su maestro de la faz de la tierra, o cometido algún otro atropello o iniquidad de rasgos feroces y violentos; pues el viejo Lobbs era un personaje horrible cuando se enfadaba o le herían en su orgullo. Y, ¡puedo jurarlo!, en ocasiones soltaba tantos ultrajes por la boca, cuando denunciaba la pereza del demacrado aprendiz de piernas esqueléticas, que Nathaniel Pipkin temblaba de miedo y a sus estudiantes se les erizaba el cabello del susto.

Un día tras otro, cuando terminaban las clases y sus alumnos se habían marchado, Nathaniel Pipkin se sentaba en la ventana de la fachada y, mientras fingía estar leyendo un libro, miraba de reojo al otro lado de la calle buscando los relucientes ojos de María Lobbs; y no pasaron muchos días antes de que esos relucientes luceros apareciesen en una ventanas del piso superior, sumergidos aparentemente también en la lectura.

Aquello suponía algo emocionante que rebosaba de alegría el corazón de Nathaniel Pipkin. Para él representaba una verdadera felicidad estar sentados allí durante horas, los dos juntos, y poder contemplar aquel bello rostro cuando bajaba los ojos; pero cuando María Lobbs levantaba sus ojos del libro y lanzaba sus rayos en dirección a Nathaniel Pipkin, su deleite y su fascinación no conocían límite.

Finalmente, cierto día en que sabía que el viejo Lobbs se encontraba ausente, Nathaniel Pipkin tuvo el atrevimiento de enviarle un beso con la mano a María Lobbs. Y María Lobbs, en vez de cerrar la ventana, ¡se lo devolvió y... le sonrió! Por todo ello, Nathaniel Pipkin decidió que..., pasara lo que pasara, le haría saber sin más demora sus sentimientos a la joven.

Jamás un pie más hermoso, ni un corazón más feliz, ni unos hoyuelos tan encantadores, ni una figura más sublime, pisaron con tal donaire como María Lobbs, la hija del viejo guarnicionero, la tierra que engalanaba con su presencia. Poseía un malicioso resplandor en sus brillantes ojos que podría haber conquistado corazones aún menos enamoradizos que el de Nathaniel Pipkin. Su risa era tan alegre que hasta el peor de los misántropos habría sonreído al oírla. En el culmen de su cólera, ni aún el viejo Lobbs podía resistirse a las adulaciones de su hermosa hija, y cuando ella y su prima Kate -otra muchachita traviesa, atrevida y seductora- querían lograr algo del anciano, lo que, para qué engañarnos, ocurría con frecuencia, no existía nada que éste fuera capaz de negarles, incluso cuando le pedían parte de los incontables e inagotables tesoros escondidos en su caja fuerte.

El corazón de Nathaniel Pipkin estuvo a punto de estallarle dentro del pecho cuando, cierta tarde de verano, vio a una atractiva pareja unos cuantas yardas delante de él, en aquel mismo prado donde en tantas ocasiones había paseado hasta el anochecer, recordando la hermosura de María Lobbs. Pero, a pesar de que, en esos momentos, había pensado con frecuencia en la rapidez con que se acercaría a María Lobbs para declararle su amor si se la encontraba, ahora que de manera inesperada la tenía delante, toda la sangre de su cuerpo se concentró a su rostro, en claro perjuicio de sus piernas que, carentes de su dosis habitual, comenzaron a trepidar bajo su torso. Cuando las jóvenes se paraban a cortar una flor del seto, o a escuchar un pajarito, Nathaniel Pipkin paraba también, fingiendo estar sumergido en sus meditaciones, lo que sin duda era cierto, pues estaba pensando qué diablos iba a hacer cuando se dieran la vuelta, como ocurriría sin duda, y se encontraran frente a frente. Pero, a pesar de que tenía miedo a acercarse a ellas, no podía soportar perderlas de vista. Por lo que, cuando ambas jóvenes andaban más deprisa, él andaba más rápido y, cuando se detenían, él se detenía; y habrían continuado así hasta que la noche se lo impidiera, si Kate no hubiera mirado hacia atrás con malicia y hubiese animado a avanzar a Nathaniel.

Había algo irresistible en el comportamiento de Kate, por lo que Nathaniel Pipkin accedió a su petición; y tras ruborizarse bastante, mientras la pequeña y traviesa prima se partía de risa, Nathaniel Pipkin se arrodilló sobre la hierba mojada y declaró su intención de quedarse allí para siempre, a menos que le permitiesen ponerse en pie ya como novio oficial de María Lobbs. Al oírlo, la lozana risa de la señorita Lobbs resonó a través del sereno aire de la noche... aunque sin perturbarlo, al parecer; su sonido era tan encantador... Y la pequeña y traviesa prima se rió aún más fuerte que antes, y Nathaniel Pipkin enrojeció como nunca antes lo había hecho.

Por fin, María Lobbs, ante aquella insistencia de su sumiso admirador, volvió la cabeza y susurró a su prima que dijera -o, al menos, fue ésta quien lo dijo- que se sentía muy honrada ante las palabras del señor Pipkin; que su mano y su corazón estaban a disposición de su padre, y que nadie podía dejar pasar los méritos del señor Pipkin. Como Kate dijo todo esto con una gran seriedad, y Nathaniel Pipkin acompañó a su casa a María Lobbs, e intentó además despedirse de ella con un beso, el joven se fue feliz a su cama, y se pasó toda la noche soñando con convencer al viejo Lobbs, abrir la caja fuerte y casarse con María.

Al día siguiente, Nathaniel Pipkin contempló cómo el viejo Lobbs se alejaba en su viejo pony gris y, después de que la pequeña y juguetona prima le hiciera múltiples señas desde la ventana, cuya finalidad y significado no fue capaz de comprender, el delgado aprendiz de las piernas esqueléticas fue a decirle que su amo no regresaría durante toda la noche y que las damas lo esperaban para tomar el té a las seis en punto exactamente.

Cómo fueron las clases aquel día es un asunto del que ni Nathaniel Pipkin ni sus alumnos saben más que usted, pero lo cierto es que, de una manera u otra, éstas llegaron a término y, cuando se marcharon los niños, Nathaniel Pipkin estuvo hasta las seis en punto para vestirse como quería. No tardó mucho tiempo en elegir la ropa que iba a llevar, ya que no tenía dónde elegir, pero, conseguir que ésta luciera lo mejor posible y darle los últimos toques suponía una tarea no exenta de dudas ni de importancia.

Lo esperaba un pequeño grupito, formado por María Lobbs, su prima Kate y tres o cuatro chicas, juguetonas y simpáticas, de coloreadas mejillas. Nathaniel Pipkin pudo comprobar en persona que los rumores que circulaban sobre el tesoro del viejo Lobbs no eran exagerados. Sobre la mesa había una auténtica tetera de plata, una jarrita para la crema y un azucarero, y cucharitas de plata auténtica para remover el té, y verdaderas tazas de porcelana para beberlo, y platos a juego para los pasteles y las tostadas. Lo único que no le gustaba era la presencia de otro primo de María Lobbs, uno de los hermanos de Kate, a quien María llamaba Henry, y que parecía acaparar toda la compañía de María Lobbs en uno de los extremos de la mesa. Siempre resulta fascinante que las familias se quieran, si no lleven ese sentimiento demasiado lejos, y Nathaniel Pipkin pensó que María Lobbs debía de estar encariñada especialmente con sus parientes, si prestaba la misma atención a los demás que a aquel primo.

Después de tomar el té, cuando la pequeña y traviesa prima propuso jugar a la gallinita ciega, de una manera u otra, Nathaniel Pipkin estuvo casi todo el tiempo con los ojos vendados, y siempre que cogía al primo sabía que María Lobbs andaba cerca con toda seguridad. Y, a pesar de que la pequeña y traviesa prima y las otras chicas le pellizcaban, le tiraban del cabello, empujaban las sillas para que tropezara, y toda clase de vicisitudes, María Lobbs jamás se acercó a él. Y en cierta ocasión... en una ocasión... Nathaniel Pipkin habría jurado oír el rumor de un beso, seguido de una leve protesta de María Lobbs, y de risitas de sus amigas. Todo era extraño... muy extraño... y es difícil conocer lo que Nathaniel Pipkin habría hecho si sus pensamientos no hubiesen tomado repentinamente otra dirección.

Y lo que cambió el rumbo de sus pensamientos fueron unos fuertes golpes en la puerta de entrada. Quien llamaba así era el viejo Lobbs, que había regresado de manera inesperada y golpeaba la puerta con igual tozudez que un fabricante de ataúdes, pues quería cenar. Cuando el delgado aprendiz de piernas esqueléticas les comunicó aquella alarmante noticia, las chicas subieron corriendo al dormitorio de María Lobbs, y el primo y Nathaniel Pipkin estuvieron obligados a meterse dentro de dos armarios del salón, a falta de un escondite mejor. Y, cuando María Lobbs y su pequeña y traviesa prima ocultaron a los jóvenes y ordenaron la sala, abrieron al viejo Lobbs, que no había dejado de golpear la puerta desde su llegada.

Lo que por desgracia, sucedió entonces, fue que el viejo Lobbs, que estaba muerto de hambre, llegó con un humor terrible. Nathaniel Pipkin podía oírlo gruñir como si fuese un viejo mastín con dolores de garganta, y, cada vez que el desdichado aprendiz de piernas esqueléticas entraba en el cuarto, tenía la seguridad de que el viejo Lobbs comenzaría a maldecirlo del modo más grosero y atroz, aunque, según parecía, sin otro fin u objetivo que desahogar su furia con esos redundantes exabruptos. Al final le sirvieron la cena, que tuvieron que calentar, y el viejo Lobbs se abalanzó sobre la comida. Después de comérselo todo rápidamente, dio un beso a su hija y le pidió su pipa.

La vida había colocado las rodillas de Nathaniel Pipkin en una posición muy cercana, pero, cuando escuchó que el viejo Lobbs solicitaba su pipa, éstas se juntaron con fuerza como si intentaran reducirse a polvo la una a la otra, pues, colgando de un par de ganchos, en aquel mismo armario donde se escondía, había una enorme pipa, con la boquilla parda y un depósito de plata, que él mismo había visto en la boca del viejo Lobbs en varias ocasiones, cada tarde y cada noche, durante los últimos cinco años.

Ambas jóvenes buscaron aquella pipa en el piso de abajo, en el piso de arriba, y en todas partes excepto donde sabían que estaba, y el viejo Lobbs, mientras tanto, blasfemaba de la manera más increíble.Por fin, recordó el armario y fue hacia él. De nada sirvió que un hombre pequeño como

Nathaniel Pipkin tirara de la puerta hacia dentro mientras un sujeto grande y fuerte como el viejo Lobbs tiraba hacia fuera. El viejo Lobbs abrió el armario de golpe, poniendo en evidencia a Nathaniel Pipkin que, muy rígido dentro del armario, temblaba atemorizado de arriba a abajo. ¡Dios Santo! Qué terrible mirada le lanzó el viejo Lobbs, mientras lo sacaba por el cuello sujetándolo a cierta distancia.

-Pero, ¿qué diablos se le ha perdido aquí? -exclamó el viejo Lobbs, con una poderosa voz.

Nathaniel Pipkin no pudo contestar, así que el viejo Lobbs lo sacudió hacia delante y hacia atrás durante dos o tres minutos, para ayudarlo a aclarar sus ideas.

-¿Que qué se le ha perdido aquí? -vociferó Lobbs-. Supongo que está detrás de mi hija, ¿no es cierto?

El viejo Lobbs lo dijo solo con el propósito de burlarse de él, pues no creía que la osadía de Nathaniel Pipkin llegase tan lejos. Su indignación fue colosal cuando el pobre hombre respondió:

-Sí, señor Lobbs, vine detrás de su hija. Estoy enamorado de ella, señor Lobbs.

-¿Usted? ¡Un rufián cobarde, enfermizo y mal encarado! -dijo el viejo Lobbs con la voz entrecortada, paralizado por aquella terrible confesión-. ¿Qué significan sus palabras? ¡Dígamelo a la cara! ¡Maldición! ¡Lo estrangularé!

Es bastante probable que el viejo Lobbs hubiese llevado a cabo su amenaza, empujado por su ira, de no haberlo impedido una inesperada aparición: la del primo de María que, dejando su armario y corriendo hacia el viejo Lobbs, exclamó:

-No puedo permitir que una persona inofensiva, invitada aquí para el goce de unas niñas, asuma, de modo tan generoso, la responsabilidad de un engaño -si es que puede llamarse así- del que soy el único culpable, y estoy dispuesto a aceptarlo. Quiero a su hija, señor; y he venido con el propósito de verla.

El viejo Lobbs abrió enormemente los ojos al oír aquellas palabras, pero no más que Nathaniel Pipkin.

-¿Ha venido usted...? -dijo Lobbs, recuperando el habla.

-Sí, he venido.

-Hace mucho tiempo que le prohibí entrar en mi casa.

-Cierto; si no, no habría venido a escondidas esta noche.

No me gusta contar esto del viejo Lobbs, pero creo que habría pegado al primo si su hermosa hija, con sus relucientes ojos llenos de lágrimas, no le hubiese agarrado el brazo.

-No lo detengas, María -dijo el joven-, si quiere pegarme, déjalo. No le tocaría ni uno de sus cabellos grises por todo el oro del mundo.

El anciano bajó su mirada tras ese reproche, y sus ojos se cruzaron con los de su hija. Ya he insinuado en una o dos ocasiones que eran muy brillantes, y, aunque ahora estaban llenos de lágrimas, su influjo no había disminuido. Cuando el viejo Lobbs volvió la cabeza, evitando que esos ojos lo convencieran, se encontró con el rostro de la pequeña y traviesa prima que, medio asustada por su hermano y medio riéndose de Nathaniel Pipkin, mostraba su expresión más seductora, y no falta de malicia, que ningún hombre viejo o joven puede contemplar.

Cogió aduladora el brazo del anciano y le susurró algo al oído, y, a pesar de sus esfuerzos, el viejo Lobbs no pudo dejar de sonreír, al mismo tiempo que una lágrima caía por sus mejillas. Cinco minutos más tarde, sus amigas bajaban del dormitorio entre melindres y risitas apagadas. Y, mientras los jóvenes se divertían, el viejo Lobbs cogió la pipa y empezó a fumar, y así surgió la extraordinaria circunstancia de que aquella pipa de tabaco fue la más placentera y relajante que había tenido la oportunidad de fumar jamás.

Nathaniel Pipkin consideró preferible guardar silencio y, al hacerlo, consiguió ganarse la estima del viejo Lobbs poco a poco. Con el tiempo le enseñó a fumar, y, durante muchos años, los dos, cuando el tiempo era bueno, se sentaban al atardecer en el jardín, y fumaban y bebían con alborozo. No tardó en recuperarse de aquel desengaño, pues su nombre figura en el registro de la parroquia como testigo de la boda de María Lobbs y su primo y, según consta en otros documentos, la noche de la ceremonia la pasó entre rejas, por haber cometido toda clase de excesos en las calles en un estado de total embriaguez, ayudado y motivado por el delgado aprendiz de piernas esqueléticas.

# PRIMER AMOR

## Emilia Pardo Bazán
( 1851 – 1921 )

# PRIMER AMOR

¿Qué edad contaría yo a la sazón? ¿Once o doce años? Más bien serían trece, porque antes es demasiado temprano para enamorarse tan de veras; pero no me atrevo a asegurar nada, considerando que en los países meridionales madruga mucho el corazón, dado que esta víscera tenga la culpa de semejantes trastornos.

Si no recuerdo bien el «cuándo», por lo menos puedo decir con completa exactitud el «cómo» empezó mi pasión a revelarse.

Me gustaba mucho -después de que mi tía se largaba a la iglesia a hacer sus devociones vespertinas- colarme en su dormitorio y revolverle los cajones de la cómoda, que los tenía en un orden admirable. Aquellos cajones eran para mí un museo. Siempre tropezaba en ellos con alguna cosa rara, antigua, que exhalaba un olorcillo arcaico y discreto: el aroma de los abanicos de sándalo que andaban por allí perfumando la ropa blanca. Acericos de raso descolorido ya; mitones de malla, muy doblados entre papel de seda; estampitas de santos; enseres de costura; un «ridículo» de terciopelo azul bordado de canutillo: un rosario de ámbar y plata, fueron apareciendo por los rincones. Yo los curioseaba y los volvía a su sitio. Pero un día -me acuerdo lo mismo que si fuese hoy- en la esquina del cajón superior y al través de unos cuellos de rancio encaje, vi brillar un objeto dorado... Metí las manos, arrugué sin querer las puntillas, y saqué un retrato, una miniatura sobre marfil, que mediría tres pulgadas[1] de alto, con marco de oro.

Me quedé como embelesado al mirarla. Un rayo de sol se filtraba por la vidriera y hería la seductora imagen, que parecía querer desprenderse del fondo oscuro y venir hacia mí. Era una criatura hermosísima, como yo no la había visto jamás sino en mis sueños de adolescente, cuando los primeros estremecimientos de la pubertad me causaban, al caer la tarde, vagas tristezas y anhelos indefinibles. Podría la dama del retrato frisar en los veinte y pico; no era una virgencita cándida, capullo a medio abrir, sino una mujer en quien ya resplandecía todo el fulgor de la belleza. Tenía la cara oval, pero no muy prolongada; los labios carnosos, entreabiertos y risueños; los ojos lánguidamente entornados, y un hoyuelo en la barba, que parecía abierto por la yema del dedo juguetón de Cupido. Su peinado era extraño y gracioso: un grupo compacto a manera de piña de bucles al lado de las sienes, y un cesto de trenzas en lo alto de la cabeza. Este peinado antiguo, que arremangaba en la nuca, descubría toda la morbidez de la fresca garganta, donde el hoyo de la barbilla se repetía más delicado y suave. En cuanto al vestido...

Yo no acierto a resolver si nuestras abuelas eran de suyo menos recatadas de lo que son nuestras esposas, o si los confesores de antaño gastaban manga más ancha que los de hogaño. Y me inclino a creer esto último, porque hará unos sesenta años las hembras se preciaban de cristianas y devotas, y no desobedecían a su director de conciencia en

---

1 Una pulgada castellana equivalía a 23,22 milímetros. La pulgada anglosajona equivale a 25,4 milímetros.

cosa tan grave y patente. Lo indudable es que si en el día se presenta alguna señora con el traje de la dama del retrato, ocasiona un motín, pues desde el talle -que nacía casi en el sobaco- solo la velaban leves ondas de gasa diáfana, señalando, mejor que cubriendo, dos escándalos de nieve, por entre los cuales serpeaba un hilo de perlas, no sin descansar antes en la tersa superficie del satinado escote. Con el propio impudor se ostentaban los brazos redondos, dignos de Juno[2], rematados por manos esculturales... Al decir «manos» no soy exacto, porque, en rigor, solo una mano se veía, y ésa apretaba un pañuelo rico.

Aún hoy me asombro del fulminante efecto que la contemplación de aquella miniatura me produjo, y de cómo me quedé arrobado, suspensa la respiración, comiéndome el retrato con los ojos. Ya había yo visto aquí y acullá estampas que representaban mujeres bellas.

Frecuentemente, en las ilustraciones, en los grabados mitológicos del comedor, en los escaparates de las tiendas, sucedía que una línea gallarda, un contorno armonioso y elegante, cautivaba mis miradas precozmente artísticas; pero la miniatura encontrada en el cajón de mi tía, aparte de su gran gentileza, se me figuraba como animada de sutil aura vital; se advertía en ella que no era el capricho de un pintor, sino imagen de persona real, efectiva, de carne y hueso. El rico y jugoso tono del empaste hacía adivinar, bajo la nacarada epidermis, la sangre tibia; los labios se desviaban para lucir el esmalte de los dientes; y, completando la ilusión, corría alrededor del marco una orla de cabellos naturales castaños, ondeados y sedosos, que habían crecido en las sienes del original. Lo dicho: aquello, más que copia, era reflejo de persona viva, de la cual sólo me separaba un muro de vidrio... Puse la mano en él, lo calenté con mi

---

2   Diosa de la maternidad en la mitología romana.

aliento, y se me ocurrió que el calor de la misteriosa deidad se comunicaba a mis labios y circulaba por mis venas.

Estando en esto, sentí pisadas en el corredor. Era mi tía que regresaba de sus rezos. Oí su tos asmática y el arrastrar de sus pies gotosos. Tuve tiempo no más que de dejar la miniatura en el cajón, cerrarlo, y arrimarme a la vidriera, adoptando una actitud indiferente y nada sospechosa.

Entró mi tía sonándose recio, porque el frío de la iglesia le había recrudecido el catarro, ya crónico. Al verme se animaron sus ribeteados ojillos, y, dándome un amistoso bofetoncito con la seca palma, me preguntó si le había revuelto los cajones, según costumbre.

Después, sonriéndose con picardía:

-Aguarda, aguarda -añadió-, voy a darte algo... que te chuparás los dedos.

Y sacó de su vasta faltriquera un cucurucho, y del cucurucho, tres o cuatro bolitas de goma adheridas, como aplastadas, que me infundieron asco.

La estampa de mi tía no convidaba a que uno abriese la boca y se zampase el confite: muchos años, la dentadura traspillada, los ojos enternecidos más de los justo, unos asomos de bigote o cerdas sobre la hundida boca, la raya de tres dedos de ancho, unas canas sucias revoloteando sobre las sienes amarillas, un pescuezo flácido y lívido como el moco del pavo cuando está de buen humor... Vamos que yo no tomaba las bolitas, ¡ea! Un sentimiento de indignación, una protesta varonil se alzó en mí, y declaré con energía:

-No quiero, no quiero.

-¿No quieres? ¡Gran milagro! ¡Tú que eres más goloso que la gata!

-Ya no soy ningún chiquillo -exclamé creciéndome, empinándome en la punta de los pies- y no me gustan las golosinas.

La tía me miró entre bondadosa e irónica, y al fin, cediendo a la gracia que le hice, soltó el trapo, con lo cual se desfiguró y puso patente la espantable anatomía de sus quijadas. Se reía de tan buena gana, que se besaban barba y nariz, ocultando los labios, y se le señalaban dos arrugas, o mejor, dos zanjas hondas, y más de una docena de pliegues en mejillas y párpados. Al mismo tiempo, la cabeza y el vientre se le columpiaban con las sacudidas de la risa, hasta que al fin vino la tos a interrumpir las carcajadas, y entre risas y tos, involuntariamente, la vieja me regó la cara con un rocío de saliva... Humillado y lleno de repugnancia, huí a escape y no paré hasta el cuarto de mi madre, donde me lavé con agua y jabón, y me di a pensar en la dama del retrato.

Y desde aquel punto y hora ya no acerté a separar mi pensamiento de ella. Salir la tía y escurrirme yo hacia su aposento, entreabrir el cajón, sacar la miniatura y embobarme contemplándola, todo era uno. A fuerza de mirarla, me figuraba que sus ojos entornados, al través de la voluptuosa penumbra de las pestañas, se fijaban en los míos, y que su blanco pecho respiraba afanosamente. Me llegó a dar vergüenza besarla, imaginando que se enojaba de mi osadía, y solo la apretaba contra el corazón o arrimaba a ella el rostro. Todas mis acciones y pensamientos se referían a la dama; tenía con ella extraños refinamientos y delicadezas nimias. Antes de entrar en el cuarto de mi tía y abrir el codiciado cajón, me lavaba, me peinaba, me componía, como vi después que suele hacerse para acudir a las citas amorosas. Me sucedía a menudo encontrar en la calle a otros niños de mi edad, muy armados ya de su cacho de novia, que ufanos me enseñaban cartitas, retratos y flores, preguntándome si yo no escogería también «mi niña» con quien cartearme. Un sentimiento de pudor inexplicable me ataba la lengua, y solo les contestaba con enigmática y orgullosa sonrisa. Cuando me pedían parecer acerca de la belleza de sus damiselillas, me encogía de hombros y las calificaba desdeñosamente de feas y fachas.

Ocurrió cierto domingo que fui a jugar a casa de unas primitas mías, muy graciosas en verdad, y que la mayor no llegaba a los quince. Estábamos muy entretenidos en ver un estereoscopio[3], y de pronto una de las chiquillas, la menor, doce primaveras a lo sumo, disimuladamente me cogió la mano, y, conmovidísima, colorada como una fresa, me dijo al oído:

-Toma.

Al propio tiempo sentí en la palma de la mano una cosa blanda y fresca, y vi que era un capullo de rosa, con su verde follaje. La chiquilla se apartaba sonriendo y echándome una mirada de soslayo; pero yo, con un puritanismo digno del casto José, grité a mi vez:

-¡Toma!

Y le arrojé el capullo a la nariz, desaire que la tuvo toda la tarde llorosa y de morros conmigo, y que aún a estas fechas, que se ha casado y tiene tres hijos, probablemente no me ha perdonado.

Siéndome cortas para admirar el mágico retrato las dos o tres horas que entre mañana y tarde se pasaba mi tía en la iglesia, me resolví, por fin, a guardarme la miniatura en el bolsillo, y anduve todo el día escondiéndome de la gente, lo mismo que si hubiese cometido un crimen.

---

3  Aparato que recrea la ilusión de profundidad en las imágenes, como si fueran tridimensionales.

Se me antojaba que el retrato, desde el fondo de su cárcel de tela, veía todas mis acciones, y llegué al ridículo extremo de que si quería rascarme una pulga, atarme un calcetín o cualquier otra cosa menos conforme con el idealismo de mi amor purísimo, sacaba primero la miniatura, la depositaba en sitio seguro y después me juzgaba libre de hacer lo que más me conviniese.

En fin, desde que hube consumado el robo, no cabía en mí; de noche lo escondía bajo la almohada y me dormía en actitud de defenderlo; el retrato quedaba vuelto hacia la pared, yo hacia la parte de afuera, y despertaba mil veces con temor de que viniesen a arrebatarme mi tesoro. Por fin lo saqué de debajo de la almohada y lo deslicé entre la camisa y la carne, sobre la tetilla izquierda, donde al día siguiente se podían ver impresos los cincelados adornos del marco.

El contacto de la cara miniatura me produjo sueños deliciosos. La dama del retrato, no en efigie, sino en su natural tamaño y proporciones, viva, airosa, afable, gallarda, venía hacia mí para conducirme a su palacio, en un carruaje de blandos almohadones. Con dulce autoridad me hacía sentar a sus pies en un cojín y me pasaba la torneada mano por la cabeza, acariciándome la frente, los ojos y el revuelto pelo. Yo le leía en un gran misal, o tocaba el laúd, y ella se dignaba sonreírse agradeciéndome el placer que le causaban mis canciones y lecturas. En fin: las reminiscencias románticas me bullían en el cerebro, y ya era paje, ya trovador.

Con todas estas imaginaciones, el caso es que fui adelgazando de un modo notable, y lo observaron con gran inquietud mis padres y mi tía.

-En esa difícil y crítica edad del desarrollo, todo es alarmante -dijo mi padre, que solía leer libros de Medicina y estudiaba con recelo las ojeras oscuras, los ojos apagados, la boca contraída y pálida, y, sobre todo, la completa falta de apetito que se apoderaba de mí.

-Juega, chiquillo; come, chiquillo -solían decirme.

Y yo les contestaba con abatimiento:

-No tengo ganas.

Empezaron a discurrirme distracciones. Me ofrecieron llevarme al teatro; me suspendieron los estudios y me dieron a beber leche recién ordeñada y espumosa. Después me echaron por el cogote y la espalda duchas de agua fría, para fortificar mis nervios; y noté que mi padre, en la mesa, o por las mañanas cuando iba a su alcoba a darle los buenos días, me miraba fijamente un rato y a veces sus manos se escurrían por mi espinazo abajo, palpando y tentando mis vértebras.

Yo bajaba hipócritamente los ojos, resuelto a dejarme morir antes que confesar el delito. En librándome de la cariñosa fiscalización de la familia, ya estaba con mi dama del retrato. Por fin, para mejor acercarme a ella acordé suprimir el frío cristal: vacilé al ir a ponerlo en obra. Al cabo pudo más el amor que el vago miedo que semejante profanación me inspiraba, y con gran destreza logré arrancar el vidrio y dejar patente la plancha de marfil. Al apoyar en la pintura mis labios y percibir la tenue fragancia de la orla de cabellos, se me figuró con más evidencia que era persona viviente la que estrechaban mis manos trémulas. Un desvanecimiento se apoderó de mí, y quedé en el sofá como privado de sentido, apretando la miniatura.

Cuando recobré el conocimiento vi a mi padre, a mi madre, a mi tía, todos inclinados hacia mí con sumo interés. Leí en sus caras el asombro y el susto. Mi padre me pulsaba, meneaba la cabeza y murmuraba:

-Este pulso parece un hilito, una cosa que se va.

Mi tía, con sus dedos ganchudos, se esforzaba en quitarme el retrato, y yo, maquinalmente, lo escondía y aseguraba mejor.

-Pero, chiquillo.... ¡suelta, que lo echas a perder! -exclamaba ella-. ¿No ves que lo estás borrando? Si no te riño, hombre... Yo te lo enseñaré cuantas veces quieras; pero no lo estropees. Suelta, que le haces daño.

-Déjaselo -suplicaba mi madre-, el niño está malito.

-¡Pues no faltaba más!-contestó la solterona-. ¡Dejarlo! ¿Y quién hace otro como ese... ni quién me vuelve a mí los tiempos aquellos? ¡Hoy en día nadie pinta miniaturas!... Eso se acabó... Y yo también me acabé y no soy lo que ahí aparece!

Mis ojos se dilataban de horror; mis manos aflojaban la pintura. No sé cómo pude articular:

-Usted... El retrato.... es usted...

-¿No te parezco tan guapa, chiquillo? ¡Bah! Veintiséis años son más bonitos que..., que.... que no sé cuántos, porque no llevo la cuenta; nadie ha de robármelos.

Doblé la cabeza, y acaso me desmayaría otra vez. Lo cierto es que mi padre me llevó en brazos a la cama y me hizo tragar unas cucharadas de oporto.

Convalecí presto y no quise entrar más en el cuarto de mi tía.

# 11 DE NOVIEMBRE DE 1912

*( Briefe an Felice und andere Korrespondenz aus der Velobungszeit - 11/11/1912 )*

## Franz Kafka

( 1883 – 1924 )

# 11 DE NOVIEMBRE DE 1912

*¡Señora Felice!*

Te pediré un favor que parece completamente alocado, y que consideraría como tal si fuese yo quien recibiese esta carta. También es la prueba más grande a la que incluso la persona más afable puede ser sometida. Pues bien, el favor es que me escribas una vez por semana, así tu carta llegará el domingo, ya que no puedo resistir tus cartas diarias, me siento incapaz de resistirlas. Así, por ejemplo, yo respondo a una de tus cartas, luego me acuesto aparentemente tranquilo, pero mi corazón late a lo largo de todo mi cuerpo y sólo puede ser consciente de ti. Te pertenezco, en realidad no hay otra manera de expresarlo, aunque no es lo suficientemente correcta. Por esta razón primordial no quiero conocer qué estás usando; me confunde mucho y no puedo luchar con mi vida; y por ello no quiero saber que me tienes cariño. Si lo hice, ¿cómo fui capaz, tonto de mí, de permanecer sentado en mi despacho, o aquí, en mi casa, en vez de coger de inmediato un tren con los ojos cerrados y abrirlos únicamente cuando esté a tu lado?

¡Oh!, hay un lamentable, un triste motivo para no hacerlo. Para ser breve: mi precaria salud apenas es suficiente para mantenerme a mí solo, pero no es suficiente para contraer matrimonio y aún menos para tener descendencia. Todavía cuando leo tus cartas, paso por alto hasta lo que no puede ser. ¡Si sólo tuviera ahora tu respuesta; sé cuán horriblemente te atormento, y soy consciente de cómo te obligo, en la serenidad de tu alcoba, a leer esta desagradable carta, como jamás has tenido sobre tu escritorio! ¡Con toda honestidad, este asunto me indigna por completo y hace cautivo como un fantasma de tu feliz nombre! Si sólo te hubiese enviado una carta el sábado, en la que te hubiese implorado que jamás me volvieras a escribir, y en la que te hubiera realizado una promesa parecida. ¡Oh, Señor!, ¿qué me impidió enviar esa carta? Todo estará bien. Pero, ¿hay ahora una solución serena? ¿Nos ayudará el que nos escribamos sólo una vez a la semana? No, si mi sufrimiento puede ser atenuado por algo así, quiere decir que no es sincero. Y ya preveo que aún podré soportar tus cartas dominicales. Y así, para compensar la oportunidad desperdiciada cada sábado, te lo pido, con la escasa energía que me queda, en el final de esta carta: Si en realidad valoramos nuestras vidas, permitámonos abandonarlo todo.

Pienso que debería firmar "tuyo", pero nada podría ser más falso. No, yo seré siempre un esclavo de mí mismo; eso es lo que realmente soy, y debo intentar vivir con ello.

*Franz*

# EL RUISEÑOR
# Y LA ROSA

*( The Nightingale and the Rose )*

## Oscar Wilde

( 1854 – 1900 )

# EL RUISEÑOR Y LA ROSA

Me dijo que bailaría conmigo si le llevaba rosas rojas –exclamó lamentándose el joven Estudiante-, pero no hay ni una sola rosa roja en todo el jardín.

El Ruiseñor desde su nido, en lo alto de una encina, le oyó, y le miró entre las hojas y se quedó muy sorprendido.

-¡No hay ni una sola rosa roja en todo el jardín! –exclamó el joven mientras sus bellos ojos se llenaban de lágrimas-. ¡Qué poco se necesita para ser feliz! He leído todo lo que han escrito los sabios y domino todos los secretos de la filosofía, y, a pesar de ello, soy un desgraciado porque no puedo encontrar una rosa roja.

-Por fin me encuentro a un enamorado de verdad –dijo el Ruiseñor-. Una noche tras otra le he cantado sin conocerle; noche tras noche le he contado su historia a las estrellas, y ahora lo tengo ante mí. Su cabello es oscuro como la flor del Jacinto y sus labios rojos como la rosa de su deseo, pero la pasión ha vuelto pálido su rostro, como el marfil, y el dolor ya ha dejado huella en su frente.

-El Príncipe celebra un baile mañana por la noche –murmuró el joven estudiante-, y mi amada será una de las invitadas. Si le llevo una rosa roja bailará conmigo hasta el amanecer. Si le llevo una rosa roja, la podré tener entre mis

41

brazos y apoyará su cabeza en mi hombro, y mi mano podrá estrechar la suya. Pero no hay ni una sola rosa roja en todo el jardín; me sentaré solo y ella pasará de largo. No me hará caso y me partirá el corazón.

-Éste sí que es un enamorado verdadero –dijo el Ruiseñor-. Él sufre lo que yo canto, y lo que para mí supone alegría, para él es dolor. Sin duda el amor es algo maravilloso. Más preciado que las esmeraldas y más valioso que los finos ópalos. No pueden comprarlo ni las perlas ni los granates, ni se ofrece en el mercado. No pueden adquirirlo los mercaderes ni pueden pesarlo en sus balanzas de oro.

-Los músicos se sentarán en su tribuna tocando sus instrumentos de cuerda –dijo el joven Estudiante- y mi amada bailará al compás del arpa y del violín. Y lo hará con tanta agilidad que sus pies apenas tocarán el suelo, y los cortesanos con sus vistosos trajes se juntarán a su alrededor. Pero no bailará conmigo porque no tengo una rosa roja que ofrecerle.

Y se dejó caer sobre la hierba, y ocultando la cara entre las manos, se puso a llorar.

-¿Por qué está llorando? –preguntó una pequeña Lagartija que pasó a su lado con la cola levantada.

-Sí, ¿por qué? –le murmuró a su vecina una Margarita de voz suave y dulce.

-Llora por una rosa roja –dijo el Ruiseñor.

-¿Por una rosa roja? –exclamaron todos-. ¡Qué cosa más ridícula!

Y la Lagartija, que era un poco cínica, se echó a reír con descaro.

Pero el Ruiseñor comprendió el secreto del dolor del Estudiante, y en su encina se puso a reflexionar sobre los misterios del amor.

De pronto extendió sus pardas alas y emprendió el vuelo. Atravesó el bosquecillo como una sombra y como tal voló sobre el jardín. En el centro del césped había un hermoso Rosal y, cuando el Ruiseñor lo vio, se dirigió a él, se posó en una de sus ramas y le dijo:

-Dame una rosa roja y te cantaré la más dulce canción.

Pero el Rosal negó con la cabeza.

-Mis rosas son blancas –le respondió-, tan blancas como la espuma del mar y más blanca que la nieve de la cima de una montaña. Pero busca a mi hermano, que crece alrededor del viejo reloj de sol, y quizá él pueda concederte lo que quieres.

Y el Ruiseñor voló hasta el Rosal que crecía en torno al viejo reloj de sol.

Dame una rosa roja –le dijo-, y te cantaré la más dulce canción.

Pero el Rosal negó con la cabeza.

-Mis rosas son amarillas –contestó-, tan amarillas como los cabellos de la sirena que se sienta en su trono de ámbar, más amarillas que el narciso que florece en los prados antes de que llegue el segador con su guadaña. Pero vete a buscar a mi hermano, que crece bajo la ventana del Estudiante, y puede que te dé lo que deseas.

El Ruiseñor voló hasta el Rosal que crecía bajo la ventana del Estudiante.

-Dame una rosa roja –le pidió- y te cantaré la más dulce canción.

Pero el Rosal negó con la cabeza.

-Mis rosas son rojas –contestó-, tan rojas como las patas de la paloma, y aún más rojas que los grandes abanicos de coral que se balancean sin cesar en los abismos de los océanos. Pero el invierno ha helado mis venas, la escarcha ha quemado mis capullos y la tormenta ha partido mis ramas. Este año no daré una sola rosa.

-Una rosa roja es todo lo que necesito –dijo el Ruiseñor-. ¡Sólo una rosa roja! ¿Es que no hay forma de conseguirla?

-Hay una manera –le confesó el Rosal-, pero es tan terrible que no puedo decírtela.

-Dímela –dijo el Ruiseñor-, no tengo ningún miedo.

-Si quieres una rosa roja –dijo-, debes crearla con música, a la luz de la luna, y teñirla con la sangre de tu propio corazón. Tienes que cantar para mí una canción al mismo tiempo que apoyas tu pecho sobre una espina. Debes cantarme toda la noche mientras la espina te atraviesa el corazón y la vida que corre por tus venas fluye a mi sangre y se hace mía.

-La Muerte es un precio excesivo para una sola rosa roja –exclamó el Ruiseñor-, y todos amamos la Vida. Es agradable sentarse en el verde bosque y contemplar el sol en su carroza dorada y a la luna en su carro de perlas. Es dulce el aroma del espino, y dulces son las campanillas que se esconden en el valle y dulce el brezo que se mece en las colinas. Sin embargo, el Amor es más valioso que la Vida, y, ¿qué valor tiene el corazón de un pájaro si lo comparamos con el corazón de un hombre.

Así que desplegó sus pardas alas para emprender el vuelo y se elevó por los aires. Sobrevoló el jardín como una sombra, y como tal recorrió también el bosquecillo. El joven Estudiante continuaba echado sobre la hierba, justo donde lo había dejado, y las lágrimas continuaban brotando de sus bellos ojos.

-Alégrate –exclamó el Ruiseñor-, sé feliz. Tendrás tu rosa roja. Yo la crearé con música a la luz de la luna y la teñiré con la sangre de mi propio corazón. Lo único que te pido a cambio es que ames de verdad, porque el Amor es más sabio que la Filosofía, por sabia que ésta sea, y es más fuerte que el Poder, por poderoso que éste sea. Sus alas tienen el color de las llamas, así como lo tiene su cuerpo. Sus labios son dulces como la miel y su aliento es puro como el incienso.

El Estudiante alzó sus ojos de la hierba y oyó, pero no pudo comprender, lo que le decía el Ruiseñor, porque sólo sabía las cosas que estaban escritas en los libros.

Pero la Encina sí que lo entendió y se puso muy triste porque quería mucho al pequeño Ruiseñor que había construido su nido entre sus ramas.

-Cántame una última canción –le susurró-, me sentiré muy sola cuando te hayas ido.

Así, el Ruiseñor le canto una canción a la Encina, y su voz semejaba el agua burbujeando cuando es vertida de una jarra de plata.

Cuando concluyó su canción, el estudiante se levantó y sacó de sus bolsillos un cuaderno de notas y un lápiz.

-Tiene estilo –pensó el estudiante atravesando el bosquecillo-, no se le puede negar, pero, ¿tiene sentimientos? Creo que no. De hecho, es como la mayoría de los artistas, todo estilo y nada de sinceridad. Nunca se sacrificaría por los demás. Únicamente piensa en su música, y todo el mundo sabe que las artes son egoístas. Pero hay que admitir que de su voz salen notas muy hermosas. ¡Qué lástima que no tengan ningún significado, ni sirvan para nada práctico!

Y entró en su cuarto, se echó en su estrecha cama, y empezó a pensar en su amor y, pasado un rato, se quedó dormido.

Y cuando brilló la luna en el cielo, el Ruiseñor voló hasta el Rosal, y acercó su pecho contra una espina. Estuvo cantando toda la noche con el pecho apoyado en la espina, y la fría luna cristalina se inclinó para escucharlo.

No paró de cantar mientras la espina se le clavaba más y más dentro del pecho, y su vida se le escapaba junto con la sangre de su cuerpo. Primero cantó el nacimiento del amor en los corazones de un joven y una chica. Y en la rama más alta del Rosal fue brotando una magnífica rosa, pétalo a pétalo, a medida que una canción seguía a la otra.

Al principio era pálida como la niebla que se extiende suspendida sobre el río, pálida como los pies de una montaña y plateada como las alas de la aurora. Como la sombra de una rosa en un espejo de plata, como la sombra de una rosa sobre el agua de una laguna, así era la rosa que floreció en la rama más alta del Rosal.

Pero el Rosal le pidió al Ruiseñor que se apretara aún más contra la espina.

-¡Acércate más, mi pequeño Ruiseñor!, o amanecerá antes de que la rosa esté terminada.

Así que el pequeño Ruiseñor se apretó más contra la espina y su canto se tornó cada vez más sonoro, pues expresaba el nacimiento de la pasión en el alma de un hombre y de una mujer. Y un delicado rubor rosáceo alcanzó los pétalos de la rosa de igual manera que el rubor llega a las mejillas del novio que besa los labios de su amada. Pero la espina no había llegado aún al corazón del Ruiseñor, y el corazón de la rosa seguía mostrándose blanco, porque sólo la sangre del corazón de un Ruiseñor puede volver rojo el corazón de una rosa. Y el Rosal le gritó al Ruiseñor que se insertara más en la espina.

-Aprieta más fuerte, pequeño Ruiseñor –exclamó el Rosal-, o nacerá el día antes de que la rosa esté terminada.

Así que el Ruiseñor empujó con más fuerza contra la espina, y ésta llegó hasta el corazón.

Sintió como le atravesaba una fuerte punzada de dolor. ¡Qué fuerte, qué intenso era aquel dolor!

Y su canto se volvió más salvaje, porque cantaba al Amor que encuentra su perfección en la Muerte, ese Amor que no muere en la tumba. Y aquella magnífica rosa se tornó carmesí, como la rosa del cielo de Oriente. Carmesí era su cinturón de pétalos, y carmesí, como un rubí, era su corazón. Pero la voz del Ruiseñor fue debilitándose, sus alas comenzaron a agitarse y un velo cubrió sus ojos. Su canto se volvió cada momento más débil y sintió en su garganta algo que le oprimía. Todavía entonó su último trino. Lo oyó la blanca luna y se olvidó del alba, quedándose en el cielo. La rosa roja lo oyó también, y se extasió de placer, abriendo sus pétalos al aire fresco de la mañana. Y Eco[4] la llevó hasta su caverna púrpura de las colinas y sacó de sus sueños a los pastores aletargados. Y flotó entre las cañas de los juncos del río, que llevaron su mensaje hasta el mar.

-¡Mira! ¡Mira!- gritó el Rosal-¡La rosa ya está terminada!

Pero el Ruiseñor no le respondió, porque yacía muerto entre las hierbas altas, con una espina clavada en el corazón. Al mediodía el estudiante abrió su ventana y miró al exterior.

-¡Pero qué buena suerte! –exclamó-. ¡Una rosa roja! No he visto ninguna semejante en toda mi vida. Es tan hermosa que seguro que tiene un largo nombre en latín.

Se inclinó y la arrancó. Se puso el sombrero y fue corriendo a casa del Profesor con la rosa en la mano. La hija del pro-

---

4  Eco era una ninfa privada del don de la palabra, que sólo podía repetir los finales de frases o sonidos.

fesor se encontraba sentada en el umbral, devanando una madeja de seda azul alrededor de un ovillo, con su perrito echado a sus pies.

-Me prometiste que bailarías conmigo si te traía una rosa roja –le dijo el Estudiante-. Aquí tienes la rosa más roja del mundo. La llevarás esta noche cerca de tu corazón y, mientras bailamos, te dirá cuánto te amo.

Pero la muchacha frunció el ceño y le contestó:

-Lo siento, pero me temo que no combina bien con mi vestido, y, además, el sobrino del chambelán me he enviado joyas, y todo el mundo sabe que las joyas son mucho más valiosas que las flores.

-¡Mira que eres ingrata! –le dijo el Estudiante lleno de furia.

Y tiró la rosa al suelo, y cayó en un arroyo donde un carro la aplastó.

-¿Ingrata? –dijo la joven-. ¡Y tu eres un maleducado! Además, ¿quién te crees que eres? Solo un simple Estudiante. Seguro que ni siquiera llevas hebillas de plata en los zapatos, como el sobrino del chambelán.

Y tras decir esto, se levantó de su silla y entró en la casa.

-¡Qué estúpido es el amor! –iba pensando el Estudiante mientras se alejaba. No es ni la mitad de útil que la lógica, porque no sirve para probar nada y siempre está anunciando sucesos que no van a suceder y haciéndote creer cosas que no son ciertas. Lo cierto es que no es nada práctico, y como hoy en día es muy importante ser práctico, volveré a estudiar filosofía y dedicarme a la metafísica.

Así, regresó a su habitación, sacó un enorme libro polvoriento y se puso a leer.

# UNA ESTACIÓN DE AMOR

## Horacio Quiroga

( 1878 – 1937 )

# UNA ESTACIÓN DE AMOR

## PRIMAVERA

Era el martes de carnaval. Nébel acababa de entrar en el corso, ya al oscurecer, y mientras deshacía un paquete de serpentinas miró al carruaje de delante. Extrañado de una cara que no había visto en el coche la tarde anterior, preguntó a sus compañeros:

–¿Quién es? No parece fea.

–¡Un demonio! Es lindísima. Creo que sobrina, o cosa así, del doctor Arrizabalaga. Llegó ayer, me parece...

Nébel fijó entonces atentamente los ojos en la hermosa criatura. Era una chica muy joven aún, acaso no más de catorce años, pero ya núbil[5]. Tenía, bajo cabello muy oscuro, un rostro de suprema blancura, de ese blanco mate y raso que es patrimonio exclusivo de los cutis muy finos. Ojos azules, largos, perdiéndose hacia las sienes entre negras pestañas. Tal vez un poco separados, lo que da, bajo una frente tersa, aire de mucha nobleza o gran terquedad. Pero sus ojos, tal como eran, llenaban aquel semblante en flor con la luz de su belleza. Y al sentirlos Nébel detenidos un momento en los suyos, quedó deslumbrado.

---

5 Núbil: en edad de contraer matrimonio.

–¡Qué encanto! –murmuró, quedando inmóvil con una rodilla en el almohadón del surrey[6]. Un momento después las serpentinas volaban hacia la victoria[7]. Ambos carruajes estaban ya enlazados por el puente colgante de papel, y la que lo ocasionaba sonreía de vez en cuando al galante muchacho.

Mas aquello llegaba ya a la falta de respeto a personas, cocheros y aún al carruaje: las serpentinas llovían sin cesar. Tanto fue, que las dos personas sentadas atrás se volvieron y, bien que sonriendo, examinaron atentamente al derrochador.

–Quiénes son? –preguntó Nébel en voz baja.

–El doctor Arrizabalaga... Cierto que no lo conoces. La otra es la madre de tu chica... Es cuñada del doctor.

Como en pos del examen, Arrizabalaga y la señora se sonrieran francamente ante aquella exuberancia de juventud, Nébel se creyó en el deber de saludarlos, a lo que respondió el terceto con jovial condescendencia.

Este fue el principio de un idilio que duró tres meses, y al que Nébel aportó cuanto de adoración cabía en su apasionada adolescencia. Mientras continuó el corso, y en Concordia[8] se prolonga hasta horas increíbles, Nébel tendió incesantemente su brazo hacia adelante, tan bien que el puño de su camisa, desprendido, bailaba sobre la mano.

Al día siguiente se reprodujo la escena; y como esta vez el corso se reanudaba de noche con batalla de flores, Nébel agotó en un cuarto de hora cuatro inmensas canastas. Arrizabalaga y la señora se reían, volviendo la cabeza a menudo, y la joven no apartaba casi sus ojos de Nébel. Este

---

6  Surrey: carruaje de  paseo ligero con capota y dos asientos.
7  Victoria: cierto carruaje de dos asientos, abierto o con capota.
8  Concordia:  ciudad agrícola y ganadera de la provincia de Entre Ríos, a orillas del río Uruguay.

echó una mirada de desesperación a sus canastas vacías. Mas sobre el almohadón del surrey quedaba aún uno, un pobre ramo de siemprevivas[9] y jazmines del país.

Nébel saltó con él sobre la rueda del surrey, dislocose casi un tobillo, y corriendo a la victoria, jadeante, empapado en sudor y con el entusiasmo a flor de ojos, tendió el ramo a la joven. Ella buscó atolondradamente otro, pero no lo tenía. Sus acompañantes se reían.

–¡Pero loca! –le dijo la madre, señalándole el pecho–. ¡Ahí tienes uno!

El carruaje arrancaba al trote. Nébel que había descendido afligido del estribo, corrió y alcanzó el ramo que la joven le tendía con el cuerpo casi fuera del coche.

Nébel había llegado tres días atrás de Buenos Aires, donde concluía su bachillerato. Había permanecido allá siete años, de modo que su conocimiento de la sociedad actual de Concordia era mínimo. Debía quedar aún quince días en su ciudad natal, disfrutados en pleno sosiego de alma, si no de cuerpo. Y he aquí que desde el segundo día perdía toda su serenidad. Pero en cambio, ¡qué encanto!

–¡Qué encanto! –se repetía pensando en aquel rayo de luz, flor y carne femenina que había llegado a él desde el carruaje. Se reconocía real y profundamente deslumbrado –y enamorado, desde luego. ¡Y si ella lo quisiera!... ¿Lo querría? Nébel, para dilucidarlo, confiaba mucho más que en el ramo de su pecho, en la precipitación aturdida con que la joven había buscado algo que darle. Evocaba claramente el brillo de sus ojos cuando lo vio llegar corriendo, la inquieta expectativa con que lo esperó y en otro orden, la morbidez del joven pecho, al tenderle el ramo.

9 Siemprevivas: plantas perennes utilizadas frecuentemente en medicina doméstica.

¡Y ahora, concluido! Ella se iba al día siguiente a Montevideo. ¿Qué le importaba lo demás, Concordia, sus amigos de antes, su mismo padre? Por lo menos iría con ella hasta Buenos Aires.

Hicieron efectivamente el viaje juntos, y durante él Nébel llegó al más alto grado de pasión que puede alcanzar un romántico muchacho de dieciocho años que se siente querido. La madre acogió el casi infantil idilio con afable complacencia, y se reía a menudo al verlos, hablando poco, sonriendo sin cesar y mirándose infinitamente.

La despedida fue breve, pues Nébel no quiso perder el último vestigio de cordura que le quedaba, cortando su carrera tras ella.

Ellas volverían a Concordia en el invierno, acaso una temporada. ¿Iría él?

«¡Oh, no volver yo!» Y mientras Nébel se alejaba despacio por el muelle, volviéndose a cada momento, ella, de pecho sobre la borda y la cabeza baja, lo seguía con los ojos, mientras en la planchada los marineros levantaban los suyos risueños a aquel idilio y al vestido, corto aún, de la tiernísima novia.

## VERANO

### I

El 13 de junio Nébel volvió a Concordia, y aunque supo desde el primer momento que Lidia estaba allí, pasó una semana sin inquietarse poco ni mucho por ella. Cuatro meses son plazo sobrado para un relámpago de pasión, y apenas si en el agua dormida de su alma el último resplandor alcanzaba a rizar su amor propio. Sentía, sí, curiosidad de verla. Hasta que un nimio incidente, punzando su vanidad, lo arrastró de nuevo. El primer domingo, Nébel, como todo buen chico de pueblo, esperó en la esquina la salida de misa. Al fin, las últimas acaso, erguidas y mirando adelante, Lidia y su madre avanzaron por entre la fila de muchachos.

Nébel, al verla de nuevo, sintió que sus ojos se dilataban para sorber en toda su plenitud la figura bruscamente adorada. Esperó con ansia casi dolorosa el instante en que los ojos de ella, en un súbito resplandor de dichosa sorpresa, lo reconocerían entre el grupo.

Pero pasó, con su mirada fría fija adelante.

–Parece que no se acuerda más de ti –le dijo un amigo, que a su lado había seguido el incidente.

–¡No mucho! –se sonrió él–. Y es lástima, porque la chica me gustaba en realidad.

Pero cuando estuvo solo se lloró a sí mismo su desgracia. ¡Y ahora que había vuelto a verla! ¡Cómo, cómo la había querido siempre, él que creía no acordarse más! ¡Y acabado! ¡Pum, pum, pum! –repetía sin darse cuenta–. ¡Pum!

¡Todo ha concluido!

De golpe: ¿Y si no me hubieran visto?... ¡Claro! ¡Pero claro! Su rostro se animó de nuevo, y acogió esta vaga probabilidad con profunda convicción.

A las tres golpeaba en casa del doctor Arrizabalaga. Su idea era elemental:

Consultaría con cualquier mísero pretexto al abogado; y acaso la viera.

Fue allá. Una súbita carrera por el patio respondió al timbre, y Lidia, para detener el  impulso, tuvo que cogerse violentamente a la puerta vidriera. Vio a Nébel, lanzó una exclamación, y ocultando con sus brazos la ligereza de su ropa, huyó más velozmente aún.

Un instante después la madre abría el consultorio, y acogía a su antiguo conocido con más viva complacencia que cuatro meses atrás. Nébel no cabía en sí de gozo; y como la señora no parecía inquietarse por las preocupaciones jurídicas de Nébel, éste prefirió también un millón de veces tal presencia a la del abogado.

Con todo, se hallaba sobre ascuas de una felicidad demasiado ardiente. Y

como tenía dieciocho años, deseaba irse de una vez para gozar a solas, y sin cortedad, su inmensa dicha.

–¡Tan pronto, ya! –le dijo la señora–. Espero que tendremos el gusto de verlo otra vez... ¿No es verdad?

–¡Oh, sí, señora!

–En casa todos tendríamos mucho placer... ¡Supongo que todos! ¿Quiere que consultemos? –se sonrió con maternal burla.

–¡Oh, con toda el alma! –repuso Nébel.

–¡Lidia! ¡Ven un momento! Hay aquí una persona a quien conoces.

Lidia llegó cuando él estaba ya de pie. Avanzó al encuentro de Nébel, los ojos centelleantes de dicha, y le tendió un gran ramo de violetas, con adorable torpeza.

–Si a usted no le molesta –prosiguió la madre–, podría venir todos los lunes... ¿Qué le parece?

–¡Que es muy poco, señora! –repuso el muchacho–. Los viernes también. ¿Me permite?

La señora se echó a reír.

–¡Qué apurado! Yo no sé... Veamos qué dice Lidia. ¿Qué dices, Lidia?

La criatura, que no apartaba sus ojos rientes de Nébel, le dijo ¡sí! en pleno rostro, puesto que a él debía su respuesta.

–Muy bien: entonces hasta el lunes, Nébel. Nébel objetó:

–¿No me permitiría venir esta noche? Hoy es un día extraordinario...

–¡Bueno! ¡Esta noche también! Acompáñalo, Lidia.

Pero Nébel, en loca necesidad de movimiento, se despidió allí mismo y huyó con su ramo cuyo cabo había deshecho casi, y con el alma proyectada al último cielo de la felicidad.

## II

Durante dos meses, en todos los momentos en que se veían, en todas las horas que los separaban, Nébel y Lidia se adoraron. Para él, romántico hasta sentir el estado de dolorosa melancolía que provoca una simple garúa[10] que agrisa[11] el patio, la criatura aquella, con su cara angelical, sus ojos azules y su temprana plenitud, debía encarnar la suma posible de ideal. Para ella, Nébel era varonil, buen mozo e inteligente. No había en su mutuo amor más nube que la minoría de edad de Nébel. El muchacho, dejando de lado estudios, carreras y demás superfluidades, quería casarse. Como probado, no había sino dos cosas: que a él le era absolutamente imposible vivir sin Lidia, y que llevaría por delante cuanto se opusiese a ello. Presentía –o más bien dicho, sentía– que iba a escollar[12] rudamente. Su padre, en efecto, a quien había disgustado profundamente

---

10  Garúa: llovizna.
11  Agrisar: dar color gris.
12  Escollar: chocar.

el año que perdía Nébel tras un amorío de carnaval, debía apuntar las íes con terrible vigor. A fines de agosto habló un día definitivamente a su hijo:

—Me han dicho que sigues tus visitas a casa de Arrizabalaga. ¿Es cierto? Porque tú no te dignas decirme una palabra.

Nébel vio toda la tormenta en esa forma de dignidad, y la voz le tembló un poco al contestar:

—Si no te dije nada, papá, es porque sé que no te gusta que te hable de eso.

—¡Bah! Como gustarme, puedes, en efecto, ahorrarte el trabajo... Pero quisiera saber en qué estado estás. ¿Vas a esa casa como novio?

—Sí.

—¿Y te reciben formalmente?

—Creo que sí...

El padre lo miró fijamente y tamborileó[13] sobre la mesa.

—¡Está bueno! ¡Muy bien!... Óyeme, porque tengo el deber de mostrarte el camino. ¿Sabes tú bien lo que haces? ¿Has pensado en lo que puede pasar?

—¿Pasar?... ¿Qué?

—Que te cases con esa muchacha. Pero fíjate: ya tienes edad para reflexionar, al menos. ¿Sabes quién es? ¿De dónde viene? ¿Conoces a alguien que sepa qué vida lleva en Montevideo?

—¡Papá!

—¡Sí, qué hacen allá! ¡Bah! No pongas esa cara... No me refiero a tu... novia. Ésa es una criatura, y como tal no sabe lo que hace. ¿Pero sabes de qué viven?

---

13 Tamborilear: golpear los dedos como se hace con los palillos de un tambor.

–¡No! Ni me importa, porque aunque seas mi padre...

–¡Bah, bah, bah! Deja eso para después. No te hablo como padre sino como cualquier hombre honrado pudiera hablarte. Y puesto que te indigna tanto lo que te pregunto, averigua a quien quiera contarte, qué clase de relaciones tiene la madre de tu novia con su cuñado, ¡pregunta!

–¡Sí! Ya sé que ha sido...

–¡Ah!, ¿Sabes que ha sido la querida de Arrizabalaga? ¿Y que él u otro sostienen la casa en Montevideo? ¡Y te quedas tan fresco!

–¡...!

–¡Sí, ya sé! ¡Tu novia no tiene nada que ver con esto, ya sé! No hay impulso más bello que el tuyo... Pero anda con cuidado, porque puedes llegar tarde... ¡No, no, cálmate! No tengo ninguna idea de ofender a tu novia, creo, como te he dicho, que no está contaminada, aún por la podredumbre que la rodea. Pero si la madre te la quiere vender en matrimonio, o más bien a la fortuna que vas a heredar cuando yo muera, dile que el viejo Nébel no está dispuesto a esos tráficos y que antes se lo llevará el diablo que consentir en ese matrimonio. Nada más quiero decirte.

El muchacho quería mucho a su padre, a pesar del carácter de éste; salió lleno de rabia por no haber podido desahogar su ira, tanto más violenta cuanto que él mismo la sabía injusta. Hacía tiempo ya que no lo ignoraba. La madre de Lidia había sido querida de Arrizabalaga en vida de su marido, y aún cuatro o cinco años después. Se veían de tarde en tarde, pero el viejo libertino, arrebujado[14] ahora en su artritis de solterón enfermizo, distaba mucho de ser respecto de su cuñada lo que se pretendía; y si mantenía el tren de madre e hija, lo hacía por una especie de agra-

---

14  Arrebujar: enredar.

decimiento de ex amante, y sobre todo para autorizar los chismes actuales que hinchaban su vanidad.

Nébel evocaba a la madre; y con un estremecimiento de muchacho loco por las mujeres casadas, recordaba cierta noche en que hojeando juntos y reclinados una "Illustration"[15], había creído sentir sobre sus nervios súbitamente tensos un hondo hálito de deseo que surgía del cuerpo pleno que rozaba con él. Al levantar los ojos, Nébel había visto la mirada de ella, mareada, posarse pesadamente sobre la suya.

¿Se había equivocado? Era terriblemente histérica, pero con raras crisis explosivas; los nervios desordenados repiqueteaban hacia adentro y de aquí la enfermiza tenacidad en un disparate y el súbito abandono de una convicción; y en los pródromos[16] de las crisis, la obstinación creciente, convulsiva, edificándose con grandes bloques de absurdos. Abusaba de la morfina por angustiosa necesidad y por elegancia. Tenía treinta y siete años; era alta, con labios muy gruesos y encendidos que humedecía sin cesar. Sin ser grandes, sus ojos lo parecían por el corte y por tener pestañas muy largas; pero eran admirables de sombra y fuego.

Se pintaba. Vestía, como la hija, con perfecto buen gusto, y era ésta, sin duda, su mayor seducción. Debía de haber tenido, como mujer, profundo encanto; ahora la histeria había trabajado mucho su cuerpo -siendo, desde luego, enferma del vientre-. Cuando el latigazo de la morfina pasaba, sus ojos se empañaban, y de la comisura de los labios, del párpado globoso, pendía una fina redecilla de arrugas. Pero a pesar de ello, la misma histeria que le deshacía los nervios era el alimento un poco mágico que sostenía su tonicidad.

---

15 "Illustration": conocida revista francesa de la época.
16 Pródromo: malestar que precede a una enfermedad.

Quería entrañablemente a Lidia; y con la moral de las burguesas histéricas, hubiera envilecido a su hija para hacerla feliz -esto es, para proporcionarle aquello que habría hecho su propia felicidad-.

Así, la inquietud del padre de Nébel a este respecto tocaba a su hijo en lo más hondo de sus cuerdas de amante. ¿Cómo había escapado Lidia? Porque la limpidez  de su cutis, la franqueza de su pasión de chica que surgía con adorable libertad de sus ojos brillantes, era, ya no prueba de pureza, sino escalón de noble gozo por el que Nébel ascendía triunfal a arrancar de una manotada a la planta podrida, la flor que pedía por él.

Esta convicción era tan intensa, que Nébel jamás la había besado. Una tarde, después de almorzar, en que pasaba por lo de Arrizabalaga, había sentido loco deseo de verla. Su dicha  fue completa, pues la halló sola, en batón, y los rizos sobre las mejillas. Como Nébel la retuvo  contra la pared, ella, riendo y cortada, se recostó en el muro. Y el muchacho, a su frente, tocándola casi, sintió en sus manos inertes la alta felicidad de un amor inmaculado, que tan fácil le habría sido manchar.

¡Pero luego, una vez su mujer! Nébel precipitaba cuanto le era posible su casamiento.  Su  habilitación de edad[17], obtenida en esos días, le permitía por su legítima materna[18] afrontar los  gastos. Quedaba el consentimiento del padre, y la madre apremiaba este detalle.

La situación de ella, sobrado equívoca en Concordia, exigía una sanción social que  debía comenzar, desde luego, por la del futuro suegro de su hija. Y sobre todo, la sostenía el deseo de humillar, de forzar a la moral burguesa a doblar las rodillas ante la misma inconveniencia que despreció.

---

17  Habilitación de edad: mayoría de edad (18 años).
18  Legítima materna: dinero que legítimamente le corresponde por parte de madre.

Ya varias veces había tocado el punto con su futuro yerno, con alusiones a «mi suegro».... «mi nueva familia»..., «la cuñada de mi hija». Nébel se callaba, y los ojos de la madre brillaban entonces con más sombrío fuego.

Hasta que un día la llama se levantó. Nébel había fijado el 18 de octubre para su casamiento.

Faltaba más de un mes aún, pero la madre hizo entender claramente al muchacho que quería la presencia de su padre esa noche.

–Será difícil –dijo Nébel después de un mortificante silencio–. Le cuesta mucho salir de noche... No sale nunca.

–¡Ah! –exclamó sólo la madre, mordiéndose rápidamente el labio. Otra pausa siguió, pero ésta ya de presagio.

–Porque usted no hace un casamiento clandestino, ¿verdad?

–¡Oh! –se sonrió difícilmente Nébel–. Mi padre tampoco lo cree.

–¿Y entonces?

Nuevo silencio, cada vez más tempestuoso.

–¿Es por mí que su señor padre no quiere asistir?

–¡No, no señora! –exclamó al fin Nébel, impaciente– Está en su modo de ser... Hablaré de nuevo con él, si quiere.

–¿Yo, querer? –se sonrió la madre dilatando las narices–. Haga lo que le parezca... ¿Quiere irse, Nébel, ahora? No estoy bien.

Nébel salió, profundamente disgustado. ¿Qué iba a decir a su padre? Este sostenía siempre su rotunda oposición a tal matrimonio, y ya el hijo había emprendido las gestiones para prescindir de ella.

–Puedes hacer eso, y todo lo que te dé la gana. Pero mi consentimiento para que esa entretenida[19] sea tu suegra, ¡jamás!

Después de tres días Nébel decidió concluir de una vez con ese estado de cosas, y aprovechó para ello un momento en que Lidia no estaba.

–Hablé con mi padre –comenzó Nébel–, y me ha dicho que le será completamente imposible asistir.

La madre se puso un poco pálida, mientras sus ojos, en un súbito fulgor, se estiraban hacia las sienes.

–¡Ah! ¿Y por qué?

–No sé –repuso con voz sorda Nébel.

–Es decir... que su señor padre teme mancharse si pone los pies aquí.

–¡No sé! –repitió él, obstinado a su vez.

–¡Es que es una ofensa gratuita la que nos hace ese señor! ¿Qué se ha figurado? –añadió con voz ya alterada y los labios temblantes–. ¿Quién es él para darse ese tono?

Nébel sintió entonces el fustazo de reacción en la cepa profunda de su familia.

–¡Qué es, no sé! –repuso con la voz precipitada a su vez–. Pero no sólo se niega a asistir, sino que tampoco da su consentimiento.

–¿Qué? ¿Que se niega? ¿Y por qué? ¿Quién es él? ¡El más autorizado para esto!

Nébel se levantó:

–Usted no...

_____
19 Entretenida: mujer de vida libre.

Pero ella se había levantado también.

–¡Sí, él! ¡Usted es una criatura! ¡Pregúntele de dónde ha sacado su fortuna, robada a sus clientes! ¡Y con esos aires! ¡Su familia irreprochable, sin mancha, se llena la boca con eso! ¡Su familia!... ¡Dígale que le diga cuántas paredes tenía que saltar para ir a dormir con su mujer antes de casarse! ¡Sí, y me viene con su familia!... ¡Muy bien, váyase; estoy hasta aquí de hipocresías! ¡Que lo pase bien!

## III

Nébel vivió cuatro días en la más honda desesperación. ¿Qué podía esperar después de lo sucedido? Al quinto, y al anochecer, recibió una esquela:

*Octavio:*

*Lidia está bastante enferma, y sólo su presencia podría calmarla.*

*María S. de Arrizabalaga*

Era una treta, no ofrecía duda. Pero si su Lidia en verdad...

Fue esa noche, y la madre lo recibió con una discreción que asombró a Nébel: sin afabilidad excesiva, ni aire tampoco de pecadora que pide disculpas.

–Si quiere verla...

Nébel entró con la madre, y vio a su amor adorado en la cama, el rostro con esa frescura sin polvos que dan únicamente los catorce años, y las piernas recogidas.

Se sentó a su lado, y en balde la madre esperó a que se dijeran algo: no hacían sino mirarse y sonreír.

De pronto Nébel sintió que estaban solos, y la imagen de la madre surgió nítida: «Se va para que en el transporte de mi amor reconquistado pierda la cabeza, y el matrimonio sea así forzado». Pero en ese cuarto de hora de goce final que le ofrecían adelantado a costa de un pagaré de casamiento, el muchacho de dieciocho años sintió –como otra vez contra la pared– el placer sin la más leve mancha, de un amor puro en toda su aureola de poético idilio.

Sólo Nébel pudo decir cuán grande fue su dicha recuperada en pos del naufragio. El también olvidaba lo que fuera en la madre explosión de calumnia, ansia rabiosa de insultar a los que no lo merecen. Pero tenía la más fría decisión de apartar a la madre de su vida, una vez casados. El recuerdo de su tierna novia, pura y riente en la cama que se había destendido una punta para él, encendía la promesa de una voluptuosidad íntegra, a la que no había robado prematuramente el más pequeño diamante.

A la noche siguiente, al llegar a casa de Arrizabalaga, Nébel halló el zaguán oscuro. Después de largo rato la sirvienta entreabrió la ventana.

–¿Han salido? –preguntó él, extrañado.

–No, se van a Montevideo... Han ido al Salto a dormir a bordo.

–¡Ah! –murmuró Nébel aterrado. Tenía una esperanza aún.

–¿El doctor? ¿Puedo hablar con él?

–No está; se ha ido al club después de comer.

Una vez solo en la calle oscura, Nébel levantó y dejó caer los brazos con mortal desaliento: ¡Se acabó todo! ¡Su felicidad, su dicha reconquistada un día antes, perdida de nuevo y para siempre! Presentía que esta vez no había redención posible. Los nervios de la madre habían saltado a la loca, como teclas, y él no podía ya hacer más. Caminó hasta la esquina, y desde allí, inmóvil bajo el farol, contempló con estúpida fijeza la casa rosada. Dio una vuelta a la manzana, y tornó a detenerse bajo el farol. ¡Nunca, nunca más!

Hasta las once y media hizo lo mismo. Al fin se fue a su casa y cargó el revólver. Pero un recuerdo lo detuvo: meses atrás había prometido a un dibujante alemán que antes de suicidarse un día –Nébel era adolescente– iría a verlo. Uníalo con el viejo militar de Guillermo* una viva amistad, cimentada sobre largas charlas filosóficas. A la mañana siguiente, muy temprano, Nébel llamaba al pobre cuarto de aquél. La expresión de su rostro era sobradamente explícita.

–¿Es ahora? –le preguntó el paternal amigo, estrechándole con fuerza la mano.

–¡Pst! ¡De todos modos!... –repuso el muchacho, mirando a otro lado.

El dibujante, con gran calma, le contó entonces su propio drama de amor.

–Vaya a su casa –concluyó–, y si a las once no ha cambiado de idea, vuelva a almorzar conmigo, si es que tenemos qué. Después hará lo que quiera. ¿Me lo jura?

–Se lo juro –contestó Nébel, devolviéndole su estrecho apretón con grandes ganas de llorar.

En su casa lo esperaba una tarjeta de Lidia:

*Idolatrado Octavio:*

*Mi desesperación no puede ser más grande. Pero mamá ha visto que si me casaba con usted, me estaban reservados grandes dolores, he comprendido como ella que lo mejor era separarnos, y le jura no olvidarlo nunca, tu*

*Lidia*

–¡Ah, tenía que ser así! –clamó el muchacho, viendo al mismo tiempo con espanto su rostro demudado en el espejo. ¡La madre era quien había inspirado la carta, ella y su maldita locura! Lidia no había podido menos que escribir, y la pobre chica, trastornada, lloraba todo su amor en la redacción–. ¡Ah! ¡Si pudiera verla algún día, decirle de qué modo la he querido, cuánto la quiero ahora, adorada de mi alma!...

Temblando fue hasta el velador y cogió el revólver, pero recordó su nueva promesa, y durante un larguísimo tiempo permaneció allí de pie, limpiando obstinadamente con la uña una mancha del tambor.

## OTOÑO

Una tarde, en Buenos Aires, acababa Nébel de subir al tranvía cuando el coche se detuvo un momento más del conveniente, y Nébel, que leía, volvió al fin la cabeza. Una mujer con lento y difícil paso avanzaba entre los asientos. Tras una rápida ojeada a la incómoda persona, Nébel reanudó la lectura. La dama se sentó a su lado, y al hacerlo miró atentamente a su vecino. Nébel, aunque sentía de vez en cuando la mirada extranjera posada sobre él, prosiguió su lectura; pero al fin se cansó y levantó el rostro extrañado.

–Ya me parecía que era usted –exclamó la dama–, aunque dudaba aún... No me recuerda, ¿no es cierto?

–Sí –repuso Nébel , abriendo los ojos– La señora de Arrizabalaga...

Ella vio la sorpresa de Nébel, y sonrió con aire de vieja cortesana que trata aún de parecer bien a un muchacho.

De ella –cuando Nébel la conoció once años atrás–sólo quedaban los ojos, aunque más hundidos, y ya apagados.

El cutis amarillo, con tonos verdosos en las sombras, se resquebrajaba en polvorientos surcos. Los pómulos saltaban ahora, y los labios, siempre gruesos, pretendían ocultar una dentadura del todo cariada. Bajo el cuerpo demacrado se veía viva a la morfina corriendo por entre los nervios agotados y las arterias acuosas, hasta haber convertido en aquel esqueleto a la elegante mujer que un día hojeó la *Ilustration* a su lado.

–Sí estoy muy envejecida... y enferma; he tenido ya ataques a los riñones... Y usted –añadió mirándolo con ternura–, ¡siempre igual! Verdad es que no tiene treinta años aún... Lidia también está igual.

Nébel levantó los ojos:

–¿Soltera?

–Sí... ¡Cuánto se alegrará cuando le cuente! ¿Por qué no le da ese gusto a la pobre? ¿No quiere ir a vernos?

–Con mucho gusto... –murmuró Nébel.

–Sí, vaya pronto; ya sabe lo que hemos sido para usted... En fin, Boedo, 1483; departamento 14... Nuestra posición es tan mezquina...

–¡Oh! –protestó él, levantándose para irse. Prometió ir muy pronto.

Doce días después Nébel debía volver al ingenio[20], y antes quiso cumplir su promesa. Fue allá –un miserable departamento de arrabal–. La señora de Arrizabalaga lo recibió, mientras Lidia se arreglaba un poco.

–¡Conque once años! –observó de nuevo la madre–. ¡Cómo pasa el tiempo! ¡Y usted que podría tener una infinidad de hijos con Lidia!

–Seguramente –sonrió Nébel, mirando a su alrededor.

20  Ingenio: aparato para moler la caña y obtener azúcar.

–¡Oh! ¡No estamos muy bien! Y sobre todo como debe estar puesta su casa... Siempre oigo hablar de sus cañaverales... ¿Es ése su único establecimiento?

–Sí... En Entre Ríos también...

–¡Qué feliz! Si pudiera uno... ¡Siempre deseando ir a pasar unos meses en el campo, y siempre con el deseo!

Se calló, echando una fugaz mirada a Nébel. Este, con el corazón apretado, revivía nítidas las impresiones enterradas once años en su alma.

–Y todo esto por falta de relaciones... ¡Es tan difícil tener un amigo en esas condiciones!

El corazón de Nébel se contraía cada vez más, y Lidia entró.

Ella estaba también muy cambiada, porque el encanto de un candor y una frescura de los catorce años no se vuelve a hallar más en la mujer de veintiséis. Pero bella siempre. Su olfato masculino sintió en su cuello mórbido, en la mansa tranquilidad de su mirada, y en todo lo indefinible que denuncia al hombre el amor ya gozado, que debía guardar velado para siempre el recuerdo de la Lidia que conoció.

Hablaron de cosas muy triviales, con perfecta discreción de personas maduras. Cuando ella salió de nuevo un momento, la madre reanudó:

–Sí, está un poco débil... Y cuando pienso que en el campo se repondría enseguida... Vea, Octavio: ¿me permite ser franca con usted? Ya sabe que lo he querido como a un hijo... ¿No podríamos pasar una temporada en su establecimiento? ¡Cuánto bien le haría a Lidia!

–Soy casado –repuso Nébel.

La señora tuvo un gesto de viva contrariedad, y por un instante su decepción fue sincera; pero enseguida cruzó sus manos cómicas:

–¡Casado, usted! ¡Oh, qué desgracia, qué desgracia! ¡Perdóneme, ya sabe!... No sé lo que digo... ¿Y su señora vive con usted en el ingenio?

–Sí, generalmente... Ahora está en Europa.

–¡Qué desgracia! Es decir... ¡Octavio! –añadió abriendo los brazos con lágrimas en los ojos–. A usted le puedo contar, usted ha sido casi mi hijo...

¡Estamos poco menos que en la miseria! ¿Por qué no quiere que vaya con Lidia? Voy a tener con usted una confesión de madre –concluyó con una pastosa sonrisa y bajando la voz–: Usted conoce bien el corazón de Lidia, ¿no es cierto?

Esperó respuesta, pero Nébel permanecía callado.

–¡Sí, usted la conoce! Y ¿cree que Lidia es mujer capaz de olvidar cuando ha querido?

Ahora había reforzado su insinuación con una lenta guiñada. Nébel valoró entonces de golpe el abismo en que pudo haber caído antes. Era siempre la misma madre, pero ya envilecida por su propia alma vieja, la morfina y la pobreza. Y Lidia... Al verla otra vez había sentido un brusco golpe de deseo por la mujer actual de garganta llena y ya estremecida. Ante el tratado comercial que le ofrecían, se echó en brazos de aquella rara conquista que le deparaba el destino.

–¿No sabes, Lidia? –prorrumpió la madre alborozada, al volver su hija–. Octavio nos invita a pasar una temporada en su establecimiento. ¿Qué te parece?

Lidia tuvo una fugitiva contracción de cejas y recuperó su serenidad.

–Muy bien mamá...

–¡Ah! ¿No sabes lo que dice? Está casado. ¡Tan joven aún! Somos casi de su familia...

Lidia volvió entonces los ojos a Nébel, y lo miró un momento con dolorosa gravedad.

–¿Hace tiempo? –murmuró.

–Cuatro años –repuso él en voz baja. A pesar de todo, le faltó ánimo para mirarla.

## INVIERNO

### I

No hicieron el viaje juntos por un último escrúpulo de Nébel en una línea donde era muy conocido; pero al salir de la estación subieron todos en el brec[21] de la casa. Cuando Nébel quedaba solo en el ingenio, no guardaba a su servicio doméstico más que a una vieja india, pues –a más de su propia frugalidad– su mujer se llevaba consigo toda la servidumbre. De este modo presentó sus acompañantes a la fiel nativa como una tía anciana y su hija, que venían a recobrar la salud perdida.

Nada más creíble, por otro lado, pues la señora decaía vertiginosamente. Había llegado deshecha, el pie incierto y pesadísimo, y en su facie[22] angustiosa la morfina, que había sacrificado cuatro horas seguidas a ruego de Nébel, pedía a gritos una corrida por dentro de aquel cadáver viviente.

Nébel, que cortara sus estudios a la muerte de su padre, sabía lo suficiente para prever una rápida catástrofe; el riñón, íntimamente atacado, tenía a veces paros peligrosos que la morfina no hacía sino precipitar.

Ya en el coche, no pudiendo resistir más, la dama había mirado a Nébel con transida angustia:

21  Brec: carruaje alto de cuatro ruedas y dos asientos, para gente pudiente.
22  Facie: rostro.

–Si me permite, Octavio... ¡No puedo más! Lidia, ponte delante.

La hija, tranquilamente, ocultó un poco a su madre, y Nébel oyó el crujido de la ropa violentamente recogida para pinchar el muslo.

Los ojos se encendieron, y una plenitud de vida cubrió como una máscara aquella cara agónica.

–Ahora estoy bien... ¡Qué dicha! Me siento bien.

–Debería dejar eso –dijo duramente Nébel, mirándola de costado–. Al llegar, estará peor.

–¡Oh, no! Antes morir aquí mismo.

Nébel pasó todo el día disgustado, y decidido a vivir cuanto le fuera posible sin ver en Lidia y su madre más que dos pobres enfermas. Pero al caer la tarde, y a ejemplo de las fieras que empiezan a esa hora a afilar las garras, el celo de varón comenzó a relajarle la cintura en lasos[23] escalofríos.

Comieron temprano, pues la madre, quebrantada, deseaba acostarse de una vez. No hubo tampoco medio de que tomara exclusivamente leche.

–¡Huy! ¡Qué repugnancia! No la puedo pasar. ¿Y quiere que sacrifique los últimos años de mi vida, ahora que podría morir contenta?

Lidia no pestañeó. Había hablado con Nébel pocas palabras, y sólo al fin del café la mirada de éste se clavó en la de ella; pero Lidia bajó la suya enseguida.

Cuatro horas después Nébel abría sin ruido la puerta del cuarto de Lidia.

–¡Quién es! –sonó de pronto la voz azorada.

---

23 Laso: fatigado, exhausto.

UNA ESTACIÓN DE AMOR

–Soy yo –murmuró apenas Nébel.

Un movimiento de ropas, como el de una persona que se sienta bruscamente en la cama, siguió a sus palabras, y el silencio reinó de nuevo. Pero cuando la mano de Nébel tocó en la oscuridad un brazo fresco, el cuerpo tembló entonces en una honda sacudida.

...

Luego, inerte al lado de aquella mujer que ya había conocido el amor antes que él llegara, subió de lo más recóndito del alma de Nébel el santo orgullo de su adolescencia de no haber tocado jamás, de no haber robado ni un beso siquiera, a la criatura que lo miraba con radiante candor. Pensó en las palabras de Dostoyevsky, que hasta ese momento no había comprendido:

«*Nada hay más bello y que fortalezca más en la vida, que un recuerdo puro*». Nébel lo había guardado, ese recuerdo sin mancha, pureza inmaculada de sus dieciocho años, y que ahora yacía allí, enfangada hasta el cáliz sobre una cama de sirvienta.

Sintió entonces sobre su cuello dos lágrimas pesadas, silenciosas. Ella a su vez recordaría... Y las lágrimas de Lidia continuaban una tras otra, regando, como una tumba, el abominable fin de su único sueño de felicidad.

## II

Durante diez días la vida prosiguió en común, aunque Nébel estaba casi todo el día afuera. Por tácito acuerdo, Lidia y él se encontraban muy pocas veces solos; y aunque de noche volvían a verse, pasaban aún entonces largo tiempo callados. Lidia misma tenía bastante qué hacer cuidando a su madre, postrada al fin. Como no había posibilidad de reconstruir lo ya podrido, y aun a trueque del peligro inmediato que ocasionara. Nébel pensó en suprimir la morfina. Pero se abstuvo una mañana que, entrando bruscamente en el comedor, sorprendió a Lidia que se bajaba precipitadamente las faldas. Tenía en la mano la jeringuilla, y fijó en Nébel su mirada espantada.

–¿Hace mucho tiempo que usas eso? –le preguntó él al fin.

–Sí –murmuró Lidia, doblando en una convulsión la aguja. Nébel la miró aún y se encogió de hombros.

Sin embargo, como la madre repetía sus inyecciones con una frecuencia terrible para ahogar los dolores de su riñón, que la morfina concluía de matar, Nébel se decidió a intentar la salvación de aquella desgraciada, sustrayéndole la droga.

–¡Octavio! ¡Me va a matar! –clamó ella con ronca súplica–. ¡Mi hijo Octavio!

¡No podría vivir un día!

–¡Es que no vivirá dos horas, si le dejo eso! –contestó Nébel.

–¡No importa, mi Octavio! ¡Dame, dame la morfina!

Nébel dejó que los brazos se tendieran a él inútilmente, y salió con Lidia.

–¿Tú sabes la gravedad del estado de tu madre?

–Sí... Los médicos me habían dicho... Él la miró fijamente.

–Es que está mucho peor de lo que imaginas. Lidia se puso blanca, y mirando afuera ahogó un sollozo mordiéndose los labios.

–¿No hay médico aquí? –murmuró.

–Aquí no, ni en diez leguas a la redonda; pero buscaremos.

Esa tarde llegó el correo cuando estaban solos en el comedor, y Nébel abrió una carta.

–¿Noticias? –preguntó Lidia inquieta, levantando los ojos a él.

–Sí –repuso Nébel, prosiguiendo la lectura.

–¿Del médico? –volvió Lidia al rato, más ansiosa aún.

–No, de mi mujer –repuso él con la voz dura, sin levantar los ojos. A las diez de la noche, Lidia llegó corriendo a la pieza de Nébel.

–¡Octavio! ¡Mamá se muere!...

Corrieron al cuarto de la enferma. Una intensa palidez cadaverizaba ya el rostro. Tenía los labios desmesuradamente hinchados y azules, y por entre ellos se escapaba un remedo de palabra, gutural y a boca llena:

–Pla... pla... pla...

Nébel vio enseguida sobre el velador el frasco de morfina, casi vacío.

–¡Es claro, se muere! ¿Quién le ha dado esto? –preguntó

–¡No sé, Octavio! Hace un rato sentí ruido... Seguramente lo fue a buscar a tu cuarto  cuando no estabas... ¡Mamá, pobre mamá! –cayó sollozando sobre el miserable brazo que pendía hasta el piso.

Nébel la pulsó; el corazón no daba más, y la temperatura caía. Al rato los labios callaron su pla... pla, y en la piel aparecieron grandes manchas violetas. A la una de la mañana murió. Esa tarde, tras el entierro, Nébel esperó que Lidia concluyera de vestirse mientras los peones cargaban las valijas en el carruaje.

–Toma esto –le dijo cuando ella estuvo a su lado, tendiéndole un cheque de diez mil pesos.

Lidia se estremeció violentamente, y sus ojos enrojecidos se fijaron de lleno en los de Nébel. Pero él sostuvo la mirada.

–¡Tonta, pues! –repitió sorprendido.

Lidia lo tomó y se bajó a recoger su valijita. Nébel entonces se inclinó sobre ella.

–Perdóname –le dijo–. No me juzgues peor de lo que soy.

En la estación esperaron un rato y sin hablar, junto a la escalerilla del vagón, pues el tren no salía aún. Cuando la campana sonó, Lidia le tendió la mano, que Nébel retuvo un momento en silencio. Luego, sin soltarla, recogió a Lidia de la cintura y la besó hondamente en la boca.

El tren partió. Inmóvil, Nébel siguió con la vista la ventanilla que se perdía.

Pero Lidia no se asomó.

# LA PRUEBA DE AMOR

# DE AMOR

( *The Trivial of Love* )

## Mary W. Shelley

( 1797 – 1851 )

# LA PRUEBA DE AMOR

Después de lograr la autorización de la priora para salir algunas horas, Angeline, interna en el convento de Santa Anna, en la pequeña ciudad lombarda de Este, se encaminó para realizar una visita. La joven vestía de manera sencilla y con buen gusto; su faziola le cubría cabeza y hombros, y bajo ella brillaban sus asombrosamente hermosos y grandes ojos negros. Tal vez no fuese una belleza perfecta; pero tenía un rostro cordial, noble y efusivo; y tenía gran abundancia de cabellos negros y sedosos, y una tez blanquecina y delicada, a pesar de ser morena. Su expresión era perspicaz y reflexiva; parecía que estaba en paz consigo misma, y era evidente que se sentía interesada profundamente, y casi siempre feliz, con las reflexiones que llenaban su imaginación. Era de humilde cuna: su padre trabajó como administrador de un noble veneciano, el conde de Moncenigo; y su madre crió a la única hija de éste. Ya los dos habían fallecido, dejándola en una situación relativamente desahogada. Angeline era una especie de trofeo que intentaban conquistar todos los jóvenes que, sin llegar a ser nobles, tenían una buena posición; pero ella vivía retirada en el convento y no aspiraba a ninguno.

Llevaba meses sin abandonar sus muros, y tuvo un sentimiento parecido al miedo cuando se encontró a mitad del camino que salía de la ciudad y que ascendía por las colinas Euganei hasta Villa Moncenigo, su destino. Conocía bien cada palmo del camino. La condesa de Moncenigo murió mientras daba a luz a su segundo hijo y desde entonces la madre de Angeline se había alojado en la villa. La familia la formaban el conde, que estaba siempre en Venecia, excepto algunas semanas de otoño, y sus dos hijos. Ludovico, el primogénito, había sido enviado de joven a Padua para recibir una buena educación; y en la villa sólo vivía Faustina, unos cinco años menor que Angeline.

Faustina era la criatura más adorable de este mundo. Tenía ojos azules y alegres, a diferencia de los italianos, una tez luminosa y los cabellos de color caoba; su figura ligera, esbelta y sin ángulos recordaba a una sílfide. Era muy bella, sagaz y obstinada, y con un encanto irresistible que obligaba a todos a ceder con alegría ante ella. Angeline parecía su hermana mayor: solía ocuparse de ella, consintiéndole todos sus caprichos. Una palabra o una sonrisa de Faustina podían con todo. «La quiero demasiado –solía decir algunas veces-, pero resistiría cualquier inconveniente antes que ver una lágrima en sus ojos.» Era típico de Angeline no expresar nunca sus sentimientos; solía guardárselos en su interior, donde crecían hasta convertirse en pasiones. Pero unos principios excelentes y una virtud sin límites impedían que la joven se viera dominada por ellas.

Angeline se había quedado huérfana tres años atrás, cuando falleció su madre, y Faustina y ella se habían trasladado al convento de Santa Anna, en Este; pero un año después, Faustina, que ya tenía quince años, fue enviada a completar sus estudios a un célebre convento veneciano, cuyas aristocráticas puertas estaban cerradas para su humilde compañera. Ahora, con diecisiete años, finalizados sus estudios, había vuelto a casa, e iba a pasar los meses de septiembre y octubre en Villa Moncenigo junto a su padre. Los dos habían llegado esa misma noche, y Angeline había abandonado el convento para ver y abrazar a su amiga del alma.

Había algo de maternal en los sentimientos de Angeline; cinco años es una diferencia importante cuando se tienen diez y quince años, y enorme entre los diecisiete y los veintidós.

«Mi querida niña -pensaba Angeline, mientras andaba-, debe de haber crecido mucho, y la imagino más bella que nunca. ¡Qué ganas tengo de verla, con esa dulce y astuta sonrisa! Me gustaría saber si ha podido encontrar a alguien que la malcriara tanto como yo en ese convento veneciano... alguien que aceptara la responsabilidad de sus culpas y que le consintiera sus caprichos. ¡Ah, esos días no volverán! Ahora pensará en el matrimonio... Desconozco si habrá sentido algo semejante al amor -suspiró-. Lo sabré pronto... estoy convencida de que me lo contará todo. Ojalá pudiese abrirle mi corazón... tanto secreto y misterio no me gustan nada; pero debo cumplir mi promesa, y en un mes escaso habrá acabado todo... dentro de un mes conoceré mi destino. ¡Dentro de un mes! ¿Lo veré entonces a él? ¿Volveré a verlo algún día? Pero será mejor que me olvide de todo eso y piense solo en Faustina... ¡en mi dulce y cariñosa Faustina!»

Angeline subía poco a poco la colina cuando oyó cómo alguien la llamaba. En la terraza que dominaba el camino, y apoyada sobre la balaustrada, se hallaba la deseada destinataria de sus pensamientos, la bella Faustina, la pequeña ninfa... en plena flor de la vida, sonriendo de felicidad. Angeline aún sintió un cariño mayor hacia ella. No tardaron en abrazarse; Faustina reía con ojos ocurrentes, y comenzó a contarle todo lo que había acontecido durante aquellos dos años, mostrándose obstinada e infantil, pero tan encantadora y cariñosa como de costumbre. Angeline la escuchó con una gran alegría, contemplando extasiada y silenciosa los hoyuelos de sus mejillas, el brillo de sus ojos y el garbo de sus gestos.

No hubiese tenido tiempo de contarle su historia aunque hubiese querido, ella hablaba tan deprisa...

-¿Sabes, Angelinetta mía -exclamó-, que voy a casarme este invierno?

-Y, ¿quién será tu esposo?

-Aún no lo sé; pero lo encontraré en el próximo carnaval. Deberá ser muy noble y muy rico, según dice papá; y yo añado que deberá ser muy joven, tener buen carácter y permitirme hacer lo que yo quiera, como siempre has hecho tú, mi querida Angeline.

Al final, Angeline se levantó para despedirse. A Faustina no le gustó que se marchara –pues quería que pasara la noche con ella-, y quiso enviar a alguien al convento para conseguir el permiso de la priora. Pero Angeline, conociendo que esto era del todo imposible, estaba decidida a irse y logró convencer a su amiga de que la dejara marchar. Al día siguiente, Faustina visitaría el convento para ver a sus antiguas amigas, y Angeline podría volver con ella por la noche si la priora lo consentía.

Una vez aprobado el plan, las dos jóvenes se separaron con un abrazo, y mientras bajaba deprisa, Angeline levantó la vista y vio cómo Faustina, muy contenta, se despedía con la mano desde la terraza. Angeline estaba encantada con su cordialidad, con su belleza, con la excitación y la viveza de su conducta y con su conversación. Faustina ocupó todos sus pensamientos, pero, en cierta curva del camino, una ocurrencia le trajo otros recuerdos. «¡Oh, qué feliz seré si él me ha sido fiel! -pensó-. ¡Con Faustina e Ippolito, será como vivir en el Paraíso!»

Y luego recordó lo que había sucedido en los dos últimos años. Seguiremos su ejemplo del modo más breve posible:

Cuando Faustina marchó a Venecia, Angeline se quedó sola en el convento. Aunque era tímida, Camilla della Toretta, una joven dama de Bolonia, se convirtió en su mejor amiga. El hermano de Camilla vino a visitarla en cierta ocasión, y Angeline la acompañó al locutorio para recibirlo. Ippolito se enamoró perdidamente de ella, y logró que Angeline le correspondiera. Todos los sentimientos de la joven eran sinceros y apasionados; pero sabía contenerlos y su comportamiento fue irreprochable. Ippolito, al contrario, se mostraba impetuoso e impulsivo: la amaba vehementemente y no toleraba que nada se interpusiera a sus deseos.

Decidió casarse, pero, como pertenecía a la nobleza, temía que su padre no lo consintiese. Pero era necesario pedir su aprobación, y el viejo aristócrata, presa del temor y la indignación, llegó a Este, decidido a tomar cualquier medida que separase para siempre a los dos enamorados. Sin embargo, la dulzura y la bondad de Angeline contuvieron su ira, y el sufrimiento de su hijo le hizo compadecerse. No aprobaba aquel matrimonio, pero sí comprendía que Ippolito desease unirse a tanta hermosura y elegancia. Después pensó que su hijo era demasiado joven y podía cambiar de idea, y se reprochó a sí mismo haber consentido tan fácilmente. Por dicho motivo logró un compromiso: les daría su bendición un año más tarde, siempre que la joven pareja se comprometiera, a través del más solemne juramento, a no verse ni comunicarse durante ese tiempo. Se sobreentendió que sería un año de prueba; y que no habría compromiso alguno hasta que éste acabara, y si aún permanecían fieles el uno al otro, su constancia sería premiada. No cabe duda de que el padre creía, y hasta esperaba, que, en ese período de ausencia, cambiarían los sentimientos de Ippolito, y que iniciaría una relación más conveniente.

Arrodillados ante la cruz, ambos enamorados prometieron un año de silencio y separación; Angeline, con los ojos iluminados por la gratitud y la esperanza; Ippolito, colmado de rabia y desesperación por aquella interrupción de su felicidad, que nunca habría aceptado si Angeline no hubiese desplegado todas sus dotes de persuasión y de gobierno para convencerlo; ya que la joven había asegurado que, a menos que obedeciera a su padre, ella se encerraría en su celda, y se convertiría en una prisionera a voluntad, hasta que pasara el tiempo elegido. De manera  que Ippolito prestó su juramento e inmediatamente después marchó hacia París.

Sólo quedaba un mes para que expirara aquel año, y no es de extrañar que los pensamientos de Angeline pasaran de los de su dulce Faustina al destino que la aguardaba. Además del voto de ausencia, habían prometido mantener en el más absoluto secreto su compromiso y cuanto se relacionara con él durante todo ese tiempo. Angeline accedió encantada -pues su amiga se hallaba lejos- a guardar silencio hasta que pasara el año, pero Faustina ya había regresado, y ella sentía el peso de aquel secreto sobre su conciencia. Pero no tenía importancia: debía  cumplir su palabra.

Sumida en sus pensamientos, llegó al pie de la colina y empezaba a ascender la ladera que llevaba a la ciudad de Este cuando entre los viñedos que bordeaban un lateral del camino oyó un ruido... un ruido de pisadas... y una voz familiar que pronunciaba su nombre.

-¡Virgen Santa! ¡Ippolito! -exclamó-. ¿Ésa es tu promesa?

-Y ¿éste es tu recibimiento? –le respondió él con tono de reproche-. ¡Qué cruel eres! Como no soy lo bastante impasible para continuar alejado... como este último mes ha durado una eternidad intolerable, tú te alejas de mí... y deseas que me marche. Entonces, son ciertos los rumores... ¡amas a otro hombre! ¡Ah! Mi viaje no será inútil... descubriré quién es él y me vengaré de tu engaño.

Angeline le lanzó una mirada mezcla de asombro y reproche; pero guardó silencio y continuó su camino. Tenía miedo a romper su juramento, y que la maldición de los cielos cayera sobre su relación. Decidió que nada le haría decir palabra alguna; si ella continuaba fiel a su promesa, perdonarían a Ippolito por no haberla cumplido. Caminó con prisa, sintiéndose al mismo tiempo alegre y desgraciada... aunque esto no es demasiado exacto... lo que le embargaba era una sincera felicidad, que la absorbía. Pero de alguna manera temía la ira de su amado, y sobre todo las consecuencias terribles que podría tener la ruptura de su solemne voto. Sus ojos resplandecían de amor y de felicidad, pero sus labios permanecían sellados; estaba decidida a no decir palabra, escondió su rostro bajo la faziola, para que él no pudiera contemplarlo, y continuó avanzando con la vista clavada en el suelo.

Loco de furia y esparciendo una multitud de reproches, Ippolito se mantuvo junto a ella, unas veces reprochándole su traición, otras jurándole venganza, o describiendo y alabando su propia constancia y su inalterable amor. Era un tema grato, pero peligroso. Angeline quiso decirle miles de veces que sus sentimientos no habían cambiado; pero logró reprimir su deseo y, cogiendo el rosario entre sus manos, comenzó a rezar. Se acercaban ya a la ciudad y, dándose cuenta de que no lograría persuadirla, Ippolito se decidió finalmente a alejarse de ella, asegurando que descubriría a su rival, y que se vengaría por su crueldad y su indiferencia. Angeline entró en el convento, fue hasta su celda y, de rodillas, le pidió a Dios que perdonara a su amado por incumplir la promesa. Después, loca de felicidad por aquella prueba que él le había proporcionado de su constancia, y recordando el poco tiempo que quedaba para que su gozo fuera perfecto, apoyó la cabeza en sus brazos y se sumergió en una especie de ensueño celestial. Había librado una agria lucha para no sucumbir a las súplicas del joven, pero sus dudas estaban  disipadas: él le era fiel y, en la fecha acordada, vendría en su busca, y ella, que durante aquel largo año le amó con ferviente y callada devoción, por fin,¡se vería recompensada! Se sentía segura... estaba agradecida al cielo... era feliz. ¡Pobrecita Angeline!

Al siguiente día, Faustina fue al convento: las monjas se apretujaron a su alrededor. «Quanto é bellina!», exclamó una de ellas. «E tanta carina!», dijo la otra. «Sé fatta la sposina?»... ¿Está ya prometida en matrimonio?, preguntó la tercera. Faustina respondía entre sonrisas y caricias, entre bromas inocentes y risas. Aquellas monjas la idolatraban, y Angeline se encontraba a su lado, admirando a su atractiva amiga y disfrutando de los piropos que le dispensaban. Al final, Faustina tuvo quemarcharse; y Angeline, tal como habían planeado, consiguió autorización para acompañarla.

-Puedes ir a la villa acompañando a Faustina, pero no debes quedarte allí a pasar la noche -le dijo la priora-, porque va en contra de las reglas del convento.

Faustina suplicó, protestó y logró, mediante alabanzas, que dejase volver a su amiga al día siguiente. Entonces iniciaron el regreso juntas, acompañadas de una anciana sirvienta, una especie de señora de compañía. Mientras caminaban, un caballero las adelantó cabalgando.

-¡Qué guapo es! -dijo Faustina-. ¿Quién será?

Angeline se puso roja como un tomate, pues se percató de que era Ippolito. Él pasó a mucha velocidad, y no tardaron en perderlo de vista. Estaban subiendo por la ladera, y ya casi podían ver la villa, cuando les alarmó oír toda clase de gritos, chillidos y bramidos, como si unas bestias salvajes o unos locos, o ambos, hubiesen escapado de sus madrigueras y manicomios. Faustina se puso pálida; y enseguida su amiga se asustó tanto como ella, pues pudo ver a un búfalo, que se había escapado de su yugo y que se lanzaba colina abajo, llenando el aire de rugidos, perseguido por un grupo chillando y expulsando alaridos... y corría directamente hacia las dos amigas. La vieja acompañanta exclamó: «Oh, Gesu Maria!» y se tiró al suelo. Faustina profirió un grito desgarrador y cogió a Angeline por la cintura; ésta se puso delante de su aterrorizada amiga, dispuesta a afrontar cualquier peligro para salvarla... y la bestia se acercaba. En ese momento, el caballero bajó galopando la ladera, se adelantó al búfalo y dándose la vuelta, se enfrentó con enorme valentía al salvaje animal. Dando un feroz bramido, la bestia se desvió a un lado con brusquedad y tomó un sendero que discurría a su izquierda; entonces el caballo se encabritó, atemorizado, y arrojó el jinete al suelo, huyendo a galope tendido colina abajo. El caballero quedó desplomado en el suelo, inmóvil completamente.

Entonces le llegó el turno de gritar a Angeline; y junto a Faustina corrieron atribuladas hacia su salvador. Mientras la última le daba aire con ese enorme abanico verde que suelen llevar las damas italianas para protegerse del sol, Angeline se adelantó para ir en busca de agua. Tras pocos minutos, el color volvió a las mejillas del joven, que pudo abrir los ojos; y vio entonces a la bella Faustina e intentó levantarse. Angeline apareció en ese mismo instante y, ofreciéndole agua en una calabaza, se la acercó a los labios. Él le apretó la mano, y ella se la retiró. Fue entonces cuando la vieja Caterina, extrañada de tanto silencio, comenzó a observar a su alrededor y, viendo que sólo estaban las dos jóvenes inclinadas sobre un hombre tirado en el suelo, se levantó y fue a reunirse con ellas.

-¡Se está muriendo! -exclamó Faustina-. Me ha salvado la vida y haciéndolo se ha matado.

Ippolito intentó sonreír.

-No, no me he matado –le dijo-, solo estoy herido.

-¿Dónde? ¿Cómo? -gritó Angeline-. Mi querida Faustina, vamos a buscar un carruaje para llevarlo a la villa.

-¡Oh, sí! -respondió Faustina-. Vamos, Caterina, corre... cuéntale a papá lo que ha ocurrido... que un joven caballero se ha matado por salvarme la vida.

-No me he matado -le interrumpió Ippolito-; tan solo me he roto un brazo y, tal vez, la pierna.

Angeline se tornó de una palidez cadavérica y casi se desmayó.

-Morirá antes de que logremos ayuda -sentenció Faustina-; esa tonta de Caterina es más lenta que una tortuga.

-Iré yo misma a la villa -exclamó Angeline-, Caterina permanecerá contigo y con Ip... *Buon Dio!* ¿Qué estoy diciendo?

Se alejó rápido, dejando a Faustina abanicando a su amado, que volvió a sentirse muy débil. Pronto se dio la alarma en la villa, el señor Conde mandó a buscar un médico y pidió que sacaran un colchón, entre cuatro hombres, para acudir en ayuda de Ippolito. Angeline se quedó en la villa; al fin pudo abandonarse a sus sentimientos y llorar con amargura, abrumada ante el miedo y el sufrimiento.

-¿Oh, por qué rompería su promesa para ser castigado? ¡Ojalá pudiera expiar su culpa! -se quejó.

Sin embargo, no tardó en recuperar el ánimo; y, cuando entraron con Ippolito, le había preparado la cama y había cogido las vendas que creyó necesarias. Enseguida llegó el médico, y pudo diagnosticar que el brazo izquierdo estaba roto, sin duda, pero la pierna no había sufrido más que un duro golpe. Redujo la fractura, sangró al paciente y, dándole una poción para serenarlo, ordenó que lo dejaran tranquilo. Angeline pasó toda aquella noche a su lado, pero Ippolito durmió profundamente y no advirtió su presencia. Jamás lo había amado tanto. Comprendió que aquella desgracia, imprevista sin duda, otorgaba dignidad al cariño que sentía por ella, y así contempló su hermoso rostro, dormido plácidamente.

«¡Que el cielo guarde al más fiel amante que haya bendecido jamás las promesas de una joven», pensó.

A la mañana siguiente, Ippolito despertó sin fiebre y bastante animado. La herida de la pierna casi no le dolía, y pretendía levantarse; recibió la visita del médico, que le pidió que guardase cama durante un día o dos para evitar una infección, y le aseguró que se curaría antes si obedecía sus indicaciones sin reserva alguna. Angeline pasó todo el día en la villa, pero no pudo volver a verlo. Faustina no paró de hablar de su valentía, de su heroísmo y su simpatía. Ella era la verdadera heroína de la historia. El caballero arriesgó su vida por ella; era ella a quien había salvado. Angeline sonrió algo ante su egoísmo y luego pensó que se sentiría humillada si le contaba la verdad; así que terminó guardando silencio. Esa noche estaba obligada a regresar al convento; ¿entraría a despedirse de Ippolito? ¿Era algo correcto? ¿No supondría romper su promesa? Y, a pesar de ello, ¿cómo resistirse a hacerlo? Así, entró en la habitación y se aproximó a él con sigilo. Ippolito oyó sus pasos, levantó la mirada ilusionado y sus ojos reflejaron una cierta decepción.

-¡Adiós, Ippolito! –le dijo Angeline-. Tengo que volver al convento. Si empeoras, ¡Dios nos salve!, volveré a cuidarte y atenderte, y moriré aquí a tu lado; si te restableces, tal como parece ser la voluntad divina, te daré las gracias como mereces antes de un mes. ¡Adiós, mi querido Ippolito!

-¡Adiós, mi querida Angeline! Todo cuanto piensas es bueno y justo, y tu conciencia lo aprueba: no temas más por mí. Siento cómo mi cuerpo está repleto de salud y vigor, y, puesto que tú y tu dulce amiga estáis a salvo, ¡benditas sean las molestias y los dolores que padezco! ¡Adiós! Pero espera, Angeline, sólo unas palabras... mi padre, según he oído, se llevó a Camilla de vuelta a Bolonia el pasado año... ¿ustedes, tal vez, se hayan carteado?

-Estás equivocado, Ippolito; siguiendo los deseos del Marqués, no hemos intercambiado ninguna carta.

-Has obedecido tanto en la amistad como en el amor... ¡qué piadosa eres! Yo también pretendo que me hagas una promesa... ¿la cumplirás con igual decisión que la de mi padre?

-Si no va contra nuestro voto...

-¡De nuestro voto! ¡Pareces una monja! ¿Crees que nuestros votos tienen tanto valor? No, no va contra nuestro voto; sólo te pido que no le escribas a Camilla o a mi padre, ni permitas que este incidente llegue a sus oídos. Les inquietaría sin necesidad... ¿me lo prometes?

-Te prometo que no les enviaré carta alguna sin tu permiso.

-Y yo confío en que seas fiel a tu palabra, de la misma

manera que lo has sido a tu promesa. Adiós, Angeline.
¡Cómo! ¿Te marchas sin un beso?

La joven se dio prisa en salir de la habitación para no ceder
a la tentación; pues acceder a aquella petición hubiese sido
una violación aún mayor de su promesa que cualquiera de
las ya consumadas.

Regresó a Este, preocupada pero alegre; convencida de la
rectitud de su amado y rezando fervientemente para que
no tardase en recuperarse. Durante varios días acudió con
regularidad a Villa Moncenigo para preguntar por su estado, y se enteró de que el joven estaba mejorando gradualmente; al final, le comunicaron que Ippolito ya tenía
permiso para abandonar su reclusión. Faustina le dio la
noticia, con ojos relucientes de alegría. Hablaba sin parar
de su caballero, tal como le denominaba, y de la enorme
gratitud y admiración que sentía hacia él. Lo había visitado
a diario en compañía de su padre, y siempre tenía una nueva historia que contar acerca de su ingenio, su elegancia y
sus cariñosos cumplidos. Ahora que él podía reunirse con
ellos en el salón, se sentía doblemente feliz. Cuando recibió
esa información, Angeline cesó sus visitas diarias, pues corría el peligro de encontrarse con su amado. Enviaba cada
día a alguien para conseguir noticias sobre su recupera-
ción; y cada día recibía una nota de su amiga, invitándola a
Villa Moncenigo. Pero ella siempre se mantuvo firme, pues
sentía que obraba como debía hacerlo. Y, aunque temía que
él estuviese enfadado, sabía que pasados quince días -lo
que restaba del mes- podría manifestarle sus verdaderos
sentimientos; y como él la amaba, la perdonaría inmediatamente. No soportaba peso alguno en el corazón, nada
que no fuese gratitud y felicidad.

Cada día, Faustina le rogaba que fuera y, aunque sus peti-
ciones se volvían cada vez más insistentes, Angeline conti-

nuó dándole excusas. Cierta mañana su joven amiga entró de prisa y corriendo en su celda para inundarla de reproches y mostrarle su sorpresa por su ausencia. Angeline se vio obligada a prometerle que la visitaría; y después se interesó por el caballero, con el fin de conocer cuál era el mejor momento para evitar su encuentro. Faustina se sonrojó... un rubor adorable se expandió por todo su rostro mientras exclamaba:

-¡Oh, Angeline! ¡Quiero que vengas por él!

Angeline enrojeció también, temiendo que Ippolito hubiese traicionado su secreto:

-¿Te ha dicho algo? –le preguntó.

-Nada -respondió su amiga con alegría-; por eso te necesito. ¡Oh, Angeline! Papá me preguntó ayer si Ippolito me gustaba, añadiendo que, si su padre lo aprobaba, no veía razón alguna por la que no pudiéramos casarnos. Tampoco yo... pero, ¿crees que él me querrá? Oh, si no me quiere, no permitiré que se hable del asunto, ni que pregunten a su padre... ¡nunca me casaría con él por nada del mundo!

Y los ojos de la delicada jovencita se inundaron de lágrimas, arrojándose a los brazos de Angeline.

«Pobrecita Faustina -pensó-, ¿seré yo la causante de su sufrimiento?»

Y empezó a acariciarla, a besarla, con palabras cariñosas y tranquilizantes. Faustina continuó. Estaba convencida de que Ippolito la amaba. Angeline se inquietó cuando oyó su nombre pronunciado por otra mujer, y palideció y se conmovió mientras se esforzaba para no traicionarse a sí misma. El joven no daba muchas muestras de su amor, pero cuando ella entraba parecía tan feliz, e insistía tanto en que se quedara... y además sus ojos...

-¿Te ha comentado algo sobre mí? -preguntó Angeline.

-No... ¿por qué iba a hacerlo? -contestó Faustina.

-También me salvó la vida -contestó ruborizándose.

-¿De verdad? ¿Cuándo? ¡Oh, sí, ya lo recuerdo! Sólo pensaba en mí; y lo cierto es que tu riesgo fue tan grande... no, aún más grande, porque me protegiste con tu cuerpo. ¡Mi amiga del alma!, no soy desagradecida, aunque Ippolito me vuelva tan olvidadiza...

Todo esto le sorprendió mucho, mejor dicho, dejó totalmente atónita a Angeline. No dudó de la lealtad de su amado, pero sí temió por la felicidad de su amiga, y cualquier cosa que se le ocurría atraía ese sentimiento... Prometió visitar a Faustina esa misma tarde.

Y ahí está otra vez, subiendo poco a poco la colina, con el corazón sobrecogido a causa de Faustina, confiando en que su amor inesperado y no correspondido no comprometiera su futura felicidad. Cuando doblaba una curva, ya cerca de la villa, oyó cómo la llamaban; y, cuando levantó los ojos, volvió a contemplar, asomado a la balaustrada, el rostro sonriente de su bella amiga; e Ippolito estaba junto a ella.

El joven se inquietó, dando un paso atrás al encontrarse sus miradas. Angeline había ido con la intención de ponerle en guardia, y estaba buscando la mejor manera de explicarle el asunto sin comprometer a su amiga. Fue una labor inútil; al entrar en el salón, Ippolito ya se había marchado, y no volvió a aparecer.

«No quiere romper su promesa», pensó Angeline.

Pero se mostró visiblemente afligida por su amiga, y muy confusa. Faustina solamente hablaba de su caballero. Angeline estaba colmada de remordimientos, y no sabía qué hacer. ¿Debía descubrir el asunto a su amiga? Tal vez fuese lo mejor, pero le parecía muy difícil; además, en ocasiones tenía casi la sospecha de que Ippolito la había traicionado. Este pensamiento venía acompañado de un agudo dolor que luego desaparecía, hasta que creyó enloquecer, y fue incapaz de dominarse. Regresó al convento más inquieta y angustiada que nunca.

Después visitó la villa en dos ocasiones, e Ippolito volvió a eludirla; y la descripción de Faustina sobre la manera en que él la trataba se volvió aún más inexplicable. A cada momento, el miedo de haberlo perdido la atormentaba; y otra vez se tranquilizó a sí misma pensando que su distanciamiento y su silencio estaban provocados por el juramento, y que aquel extraño comportamiento con Faustina sólo existía en su imaginación. No paraba de darle vueltas al modo en que debía comportarse, mientras el apetito y el sueño la abandonaban poco a poco; al final, cayó muy enferma para poder ir a la villa y se vio obligada a guardar cama durante dos días. En aquellos momentos de fiebre, sin apenas fuerzas para moverse, y desconsolada ante la suerte de Faustina, decidió escribir a Ippolito. Él rechazaría verla, así que no tenía otro modo de comunicarse. Su juramento lo prohibía, pero ya lo habían roto tantas veces... Además, no hacía nada por ella, sino por su amiga del alma. Pero, ¿qué sucedería si su carta llegase a manos extrañas? ¿Y si Ippolito tenía pensado abandonarla por Faustina? El secreto quedaría entonces enterrado en su corazón para siempre. Por este motivo, decidió escribir su carta sin que nada la traicionara ante terceras personas. No fue nada fácil, pero finalmente lo hizo.

Confiaba en que el caballero sabría disculparla. Ella era... y siempre había sido como una madre para Faustina... la quería más que a su vida. El señor caballero estaba actuando, a lo mejor, de una manera irreflexiva. ¿Había comprendido sus palabras? Y, aunque no hubiese intención alguna, la gente tendría sospechas. Lo que le pedía era permiso para poder escribir a su padre, con el fin de que aquella situación de incertidumbre y misterio acabara lo antes posible.

Angeline rompió diez cartas... y, aún no estando satisfecha con la última, la cerró; y después se trasladó fuera de la cama para enviarla por correo de inmediato.

Aquel acto de pura valentía tranquilizó su ánimo, siendo muy beneficioso para su salud. Al día siguiente se sentía tan bien que decidió ir a la villa para conocer el efecto que había producido su carta. Con el corazón conmovido, subió la ladera y, doblando la curva de siempre, levantó la mirada. No estaba Faustina en la balaustrada. Y no era algo extraño, pues nadie la esperaba; y sin embargo, sin saber el motivo, se sintió muy desgraciada y los ojos se le inundaron de lágrimas.

«Si pudiese ver a Ippolito solo un momento... y él me diera la más nimia explicación, ¡todo se arreglaría!», pensó.

Con tales pensamientos llegó a la villa y entró en el salón. Oyó unos pasos acelerados, como si alguien estuviese huyendo de ella. Faustina estaba sentada ante una mesa leyendo una carta... con sus mejillas coloradas como la grana y su pecho conmoviéndose por la agitación. El sombrero y la capa de Ippolito estaban a su vera, y anunciaban que acababa de abandonar la estancia precipitadamente. La joven se volvió... vio a Angeline... y sus ojos hecharon fuego... y arrojó la carta que estaba leyendo a los pies de su amiga. Angeline comprendió que era su carta.

-¡Cógela! -dijo Faustina-. Es tuya. Por qué la has escrito... y qué significa... eso es algo que no preguntaré. Ha sido despreciable por tu parte, e inútil, te lo aseguro... No soy alguien que entregue su corazón si antes no se lo han pedido, ni que pueda ser rechazada cuando mi padre me ofrece en matrimonio. Coge tu carta, Angeline. ¡Oh! ¡Nunca creí que te comportases así conmigo!

Angeline seguía allí como escuchándola, pero no podía oír ni una sola palabra; estaba completamente inmóvil... con las manos unidas fuertemente, y los ojos llenos de lágrimas y fijos en su carta.

-Que la cojas -exclamó Faustina con impaciencia, pateando el suelo con su pequeño pie-; ha llegado muy tarde, fueran cuales fueran tus intenciones. Ippolito ya ha escrito a su padre pidiéndole su aprobación para nuestra boda y mi padre también lo ha hecho.

Angeline se conmovió y miró con ojos desmedidos a su amiga.

-¡Es cierto! ¿Lo dudas? ¿Llamo a Ippolito para que confirme mis palabras?

Faustina se dirigía a ella exaltada. Angeline, muda de espanto, se apresuró a coger la carta y abandonó la sala... y la casa. Bajó la colina y regresó al convento. Con el corazón en carne viva, sintió todo su cuerpo poseído por un espíritu que no era el suyo: ya no lloraba, pero sus ojos estaban a punto de salirse de las órbitas... y sus miembros se contraían con fuertes espasmos. Corrió a su celda, se tiró al suelo, y estalló en llanto. Después de derramar cataratas de lágrimas, pudo rezar, y más tarde... al recordar que su sueño de felicidad había concluido para siempre, deseó la muerte.

Al día siguiente, abrió los ojos sin ganas y se levantó. Ya era de día; y todos debían levantarse y continuar con su vida, y ella también, aunque el sol ya no brillase como antes y aquel dolor convirtiera su vida en un tormento. No pudo evitar sobresaltarse cuando, poco después, le informaron que un caballero quería verla. Buscó refugio en un rincón, rehusando bajar al locutorio. La portera volvió un cuarto de hora más tarde. El joven ya se había marchado, pero le había escrito una nota. Le dio la carta. Estaba sobre la mesa, delante de Angeline... pero no tenía intención alguna de abrirla... todo había terminado, y no necesitaba ninguna confirmación. Finalmente, despacio, y con esfuerzo, rompió el sello. Tenía la fecha del día en que expiraba el año. Las lágrimas volvieron a sus ojos, y nació en su corazón la cruel esperanza de que todo fuera un sueño, y de que ahora que la Prueba de Amor por fin llegaba a su fin, él la reclamara como suya. Movida por esta dudosa suposición, se quitó las lágrimas y leyó:

*He venido a excusarme por mi mezquindad. Renuncias a verme y yo te escribo. Aunque siempre seré un hombre despreciable para ti, no pareceré peor de lo que en realidad soy. Recibí tu misiva en presencia de Faustina y ella reconoció enseguida tu letra. Ya conoces su terquedad y su ímpetu. No pude evitar que me la arrebatara. No añadiré nada más. Debes odiarme y, al contrario, deberías compadecerme, pues soy muy infeliz. Mi honor está ahora en entredicho; todo terminó antes de que yo comenzara a percatarme del peligro... pero ya no es posible hacer nada. No encontraré nunca la paz hasta que me perdones, y, sin embargo, me merezco tu maldición. Faustina no conoce nuestro secreto. Adiós.*

El papel se cayó de las manos de Angeline.

Sería inútil describir los sufrimientos que soportó la desdichada joven. Su piedad, su resignación y su noble y generoso carácter acudieron en su ayuda, y le sirvieron de apoyo cuando sentía que sin ellos podía morir. Faustina le escribió para comunicarle que le gustaría verla, pero que

Ippolito era contrario a esa idea. Habían recibido ya la respuesta del marqués de la Toretta, un feliz consentimiento, pero el anciano estaba enfermo y se marchaban todos a Bolonia. Hablarían a la vuelta.

Su partida concedió un cierto consuelo a la abatida joven. Y no tardó en ayudarla también una carta del padre de Ippolito, repleta de alabanzas a su conducta. Su hijo se lo había confesado todo; ella era un ángel... y el cielo la premiaría, pero su recompensa sería todavía mayor si lograse perdonar a su infiel enamorado.

Responder a esta carta alivió el pesar de la joven, que logró al escribirla desahogar sus penas y tantos pensamientos que la angustiaban. Perdonó de corazón a Ippolito, y rezó para que él y su agradable esposa gozaran de todas las bendiciones.

Ippolito y Faustina contrajeron matrimonio y vivieron dos o tres años en París y en el sur de Italia. Al principio ella fue tremendamente feliz; pero al poco tiempo el mundo cruel y el carácter vaporoso e inconstante de su marido le produjeron infinitas heridas en su joven corazón. Echaba de menos la amistad y la comprensión de Angeline; el poder apoyar la cabeza en su pecho y ser consolada por su antigua amiga. Planteó una excursión a Venecia, Ippolito accedió y, de paso, visitaron Este. Angeline había tomado los hábitos en el convento de Santa Anna. Se mostró muy satisfecha, por no decir feliz, de aquella visita; escuchó con gran asombro las penalidades de Faustina, y se esforzó mucho por consolarla. También vio a Ippolito con una enorme serenidad; sus sentimientos habían cambiado; ya no era el hombre que ella había amado, y comprendió que, si se hubiese casado con él, con su profunda sensibilidad y sus elevadas ideas sobre el honor, se habría sentido aún más decepcionada de lo que lo estaba Faustina.

La pareja llevó la vida que suelen vivir los matrimonios italianos. Él, amante de las juergas, inconstante y despreocupado; ella, consolándose con un *cavaliere servente*. Angeline, consagrada únicamente a Dios, mostraba su asombro por todo aquello, y de que alguien fuera capaz de cambiar con tanta ligereza sus amores, que para ella eran tan sagrados e inmutables.

# EL DÚO DE LA TOS

**Leopoldo Alas "Clarín"**

( 1852 – 1901 )

# EL DÚO DE LA TOS

El Gran Hotel del Águila tiende su enorme sombra sobre las aguas dormidas de la dársena. Es un inmenso caserón cuadrado, sin gracia, de cinco pisos, falansterio[24] del azar, hospicio de viajeros, cooperación anónima de la indiferencia, negocio por acciones, dirección por contrata que cambia a menudo, veinte criados que cada ocho días ya no son los mismos, docenas y docenas de huéspedes que no se conocen, que se miran sin verse, que siempre son otros y que cada cual toma por los de la víspera.

«Se está aquí más solo que en la calle, tan solo como en el desierto», piensa un bulto, un hombre envuelto en un amplio abrigo de verano, que chupa un cigarro apoyándose con ambos codos en el hierro frío de un balcón, en el tercer piso. En la oscuridad de la noche nublada, el fuego del tabaco brilla en aquella altura como un gusano de luz. A veces aquella chispa triste se mueve, se amortigua, desaparece, vuelve a brillar.

«Algún viajero que fuma», piensa otro bulto, dos balcones más a la derecha, en el mismo piso. Y un pecho débil, de

---

24  Falansterios o falanges: así se denominaba a las comunidades teorizadas por el socialista utópico francés Charles Fourier. Estaban basadas en la idea de que cada individuo trabajaría de acuerdo con sus pasiones y no existiría un concepto abstracto de propiedad, común o privada.

mujer, respira como suspirando, con un vago consuelo por el indeciso placer de aquella inesperada compañía en la soledad y la tristeza.

«Si me sintiera muy mal, de repente; si diera una voz para no morirme sola, ese que fuma ahí me oiría», sigue pensando la mujer, que aprieta contra un busto delicado, quebradizo, un chal de invierno, tupido, bien oliente.

«Hay un balcón por medio; luego es en el cuarto número 36. A la puerta, en el pasillo, esta madrugada, cuando tuve que levantarme a llamar a la camarera, que no oía el timbre, estaban unas botas de hombre elegante».

De repente desapareció una claridad lejana, produciendo el efecto de un relámpago que se nota después que pasó.

«Se ha apagado el foco del Puntal», piensa con cierta pena el bulto del 36, que se siente así más solo en la noche. «Uno menos para velar; uno que se duerme.»

Los vapores de la dársena, las panzudas gabarras sujetas al muelle, al pie del hotel, parecen ahora sombras en la sombra. En la oscuridad el agua toma la palabra y brilla un poco, cual una aprensión óptica, como un dejo de la luz desaparecida, en la retina, fosforescencia que padece ilusión de los nervios.

En aquellas tinieblas, más dolorosas por no ser completas, parece que la idea de luz, la imaginación recomponiendo las vagas formas, necesitan ayudar para que se vislumbre lo poco y muy confuso que se ve allá abajo. Las gabarras se mueven poco más que el minutero de un gran reloj; pero de tarde en tarde chocan, con tenue, triste, monótono rumor, acompañado del ruido de la mar que a lo lejos suena, como para imponer silencio, con voz de lechuza. El pueblo, de comerciantes y bañistas, duerme; la casa duerme. El bulto del 36 siente una angustia en la soledad del silencio y las sombras. De pronto, como si fuera un formidable estallido, le hace temblar una tos seca, repetida tres veces como canto dulce de codorniz madrugadora, que suena a la derecha, dos balcones más allá. Mira el del 36, y percibe un bulto más negro que la oscuridad ambiente, del matiz de las gabarras de abajo. «Tos de enfermo, tos de mujer.» Y el del 36 se estremece, se acuerda de sí mismo; había olvidado que estaba haciendo una gran calaverada, una locura. ¡Aquel cigarro! Aquella triste contemplación de la noche al aire libre. ¡Fúnebre orgía! Estaba prohibido el cigarro, estaba prohibido abrir el balcón a tal hora, a pesar de que corría agosto y no corría ni un soplo de brisa. «¡Adentro, adentro!» ¡A la sepultura, a la cárcel horrible, al 36, a la cama, al nicho!»

Y el 36, sin pensar más en el 32, desapareció, cerró el balcón con triste rechino metálico, que hizo en el bulto de la derecha un efecto melancólico análogo al que produjera antes el bulto que fumaba la desaparición del foco eléctrico del Puntal.

«Sola del todo», pensó la mujer, que, aún tosiendo, seguía allí, mientras hubiera aquella compañía... compañía semejante a la que se hacen dos estrellas que nosotros vemos, desde aquí, juntas, gemelas, y que allá en lo infinito, ni se ven ni se entienden.

Después de algunos minutos, perdida la esperanza de que el 36 volviera al balcón, la mujer que tosía se retiró también; como un muerto que en forma de fuego fatuo respira la fragancia de la noche y se vuelve a la tierra. Pasaron una, dos horas. De tarde en tarde hacia dentro, en las escaleras, en los pasillos, resonaban los pasos de un huésped trasnochador; por las rendijas de la puerta entraban en las lujosas celdas, horribles con su lujo uniforme y vulgar, rayos de luz que giraban y desaparecían.

Dos o tres relojes de la ciudad cantaron la hora; solemnes campanadas precedidas de la tropa ligera de los cuartos, menos lúgubres y significativos. También en la fonda hubo reloj que repitió el alerta.

Pasó media hora más. También lo dijeron los relojes.

«Enterado, enterado», pensó el 36, ya entre sábanas; y se figuraba que la hora, sonando con aquella solemnidad, era como la firma de los pagarés que iba presentando a la vida su acreedor, la muerte. Ya no entraban huéspedes. A poco, todo debía morir. Ya no había testigos; ya podía salir la fiera; ya estaría a solas con su presa.

En efecto; en el 36 empezó a resonar, como bajo la bóveda de una cripta, una tos rápida, enérgica, que llevaba en sí misma el quejido ronco de la protesta.

«Era el reloj de la muerte», pensaba la víctima, el número 36, un hombre de treinta años, familiarizado con la desesperación, solo en el mundo, sin más compañía que los recuerdos del hogar paterno, perdidos allá en lontananzas de desgracias y errores, y una sentencia de muerte pegada al pecho, como una factura de viaje a un bulto en un ferrocarril.

Iba por el mundo, de pueblo en pueblo, como bulto perdido, buscando aire sano para un pecho enfermo; de posada en posada, peregrino del sepulcro, cada albergue que el azar le ofrecía le presentaba aspecto de hospital. Su vida era tristísima y nadie le tenía lástima. Ni en los folletines de los periódicos encontraba compasión. Ya había pasado el romanticismo que había tenido alguna consideración con los tísicos. El mundo ya no se pagaba de sensiblerías, o iban éstas por otra parte. Contra quien sentía envidia y cierto rencor sordo el número 36 era contra el proletariado, que se llevaba toda la lástima del público.

-El pobre jornalero, ¡el pobre jornalero! -repetía, y nadie se acuerda del pobre tísico, del pobre condenado a muerte del que no han de hablar los periódicos. La muerte del prójimo, en no siendo digna de la Agencia Fabra[25], ¡qué poco le importa al mundo!

Y tosía, tosía, en el silencio lúgubre de la fonda dormida, indiferente como el desierto. De pronto creyó oír como un eco lejano y tenue de su tos... Un eco... en tono menor. Era la del 32. En el 34 no había huésped aquella noche. Era un nicho vacío.

La del 32 tosía, en efecto; pero su tos era... ¿cómo se diría? Más poética, más dulce, más resignada. La tos del 36 protestaba; a veces rugía. La del 32 casi parecía un estribillo de una oración, un miserere, era una queja tímida, discreta, una tos que no quería despertar a nadie. El 36, en rigor, todavía no había aprendido a toser, como la mayor parte de los hombres sufren y mueren sin aprender a sufrir y a morir. El 32 tosía con arte; con ese arte del dolor antiguo, sufrido, sabio, que suele refugiarse en la mujer.

Llegó a notar el 36 que la tos del 32 le acompañaba como una hermana que vela; parecía toser para acompañarle.

Poco a poco, entre dormido y despierto, con un sueño un poco teñido de fiebre, el 36 fue transformando la tos del 32 en voz, en música, y le parecía entender lo que decía, como se entiende vagamente lo que la música dice.

La mujer del 32 tenía veinticinco años, era extranjera; había venido a España por hambre, en calidad de institutriz en una casa de la nobleza. La enfermedad la había hecho salir de aquel asilo; le habían dado bastante dinero para poder andar algún tiempo sola por el mundo, de fonda en fonda;

---

25   Una de las primeras agencias de noticias de España, fundada en 1919. Precursora de la Agencia Efe.

pero la habían alejado de sus discípulas. Naturalmente. Se temía el contagio. No se quejaba. Pensó primero en volver a su patria. ¿Para qué? No la esperaba nadie; además, el clima de España era más benigno. Benigno, sin querer. A ella le parecía esto muy frío, el cielo azul muy triste, un desierto. Había subido hacia el Norte, que se parecía un poco más a su patria. No hacía más que eso, cambiar de pueblo y toser. Esperaba locamente encontrar alguna ciudad o aldea en que la gente amase a los desconocidos enfermos.

La tos del 36 le dio lástima y le inspiró simpatía. Conoció pronto que era trágica también. «Estamos cantando un dúo», pensó; y hasta sintió cierta alarma del pudor, como si aquello fuera indiscreto, una cita en la noche. Tosió porque no pudo menos; pero bien se esforzó por contener el primer golpe de tos.

La del 32 también se quedó medio dormida, y con algo de fiebre; casi deliraba también; también transportó la tos del 36 al país de los ensueños, en que todos los ruidos tienen palabras. Su propia tos se le antojó menos dolorosa apoyándose en aquella varonil que la protegía contra las tinieblas, la soledad y el silencio. «Así se acompañarán las almas del purgatorio». Por una asociación de ideas, natural en una institutriz, del purgatorio pasó al infierno, al del Dante, y vio a Paolo y Francesca abrazados en el aire, arrastrados por la bufera infernal. La idea de la pareja, del amor, del dúo, surgió antes en el número 32 que en el 36.

La fiebre sugería en la institutriz cierto misticismo erótico; ¡erótico!, no es ésta la palabra. ¡Eros! El amor sano, pagano, ¿qué tiene aquí que ver? Pero en fin, ello era amor, amor de matrimonio antiguo, pacífico, compañía en el dolor, en la soledad del mundo. De modo que lo que en efecto le quería decir la tos del 32 al 36 no estaba muy lejos de ser lo mismo que el 36, delirando, venía como a adivinar.

«¿Eres joven? Yo también. ¿Estás solo en el mundo? Yo también. ¿Te horroriza la muerte en la soledad? También a mí. ¡Si nos conociéramos! ¡Si nos amáramos! Yo podría ser tu amparo, tu consuelo. ¿No conoces en mi modo de toser que soy buena, delicada, discreta, casera, que haría de la vida precaria un nido de pluma blanda y suave para acercarnos juntos a la muerte, pensando en otra cosa, en el cariño? ¡Qué solo estás! ¡Qué sola estoy! ¡Cómo te cuidaría yo! ¡Cómo tú me protegerías! Somos dos piedras que caen al abismo, que chocan una vez al bajar y nada se dicen, ni se ven, ni se compadecen... ¿Por qué ha de ser así? ¿Por qué no hemos de levantarnos ahora, unir nuestro dolor, llorar juntos? Tal vez de la unión de dos llantos naciera una sonrisa. Mi alma lo pide; la tuya también. Y con todo, ya verás cómo ni te mueves ni me muevo.»

Y la enferma del 32 oía en la tos del 36 algo muy semejante a lo que el 36 deseaba y pensaba:

Sí, allá voy; a mí me toca; es natural. Soy un enfermo, pero soy un galán, un caballero; sé mi deber; allá voy. Verás qué delicioso es, entre lágrimas, con perspectiva de muerte, ese amor que tú sólo conoces por libros y conjeturas. Allá voy, allá voy... si me deja la tos... ¡esta tos!... ¡Ayúdame, ampárame, consuélame! Tu mano sobre mi pecho, tu voz en mi oído, tu mirada en mis ojos...»

Amaneció. En estos tiempos, ni siquiera los tísicos son consecuentes románticos. El número 36 despertó, olvidado del sueño, del dúo de la tos.

El número 32 acaso no lo olvidara; pero, ¿qué iba a hacer? Era sentimental la pobre enferma, pero no era loca, no era necia. No pensó ni un momento en buscar realidad que correspondiera a la ilusión de una noche, al vago consuelo de aquella compañía de la tos nocturna. Ella, eso sí, se había

ofrecido de buena fe; y aún despierta, a la luz del día, rati-
ficaba su intención; hubiera consagrado el resto, miserable
resto de su vida, a cuidar aquella tos de hombre... ¿Quién
sería? ¿Cómo sería? ¡Bah! Como tantos otros príncipes ru-
sos del país de los ensueños. Procurar verle..., ¿para qué?

Volvió la noche. La del 32 no oyó toser. Por varias tristes
señales pudo convencerse de que en el 36 ya no dormía
nadie. Estaba vacío como el 34.

En efecto; el enfermo del 36, sin recordar que el cambiar
de postura sólo es cambiar de dolor, había huido de aquella fonda, en la cual había padecido tanto..., como en las
demás. A los pocos días dejaba también el pueblo. No paró
hasta Panticosa[26], donde tuvo la última posada. No se sabe
que jamás hubiera vuelto a acordarse de la tos del dúo.

La mujer vivió más: dos o tres años. Murió en un hospital,
que prefirió a la fonda; murió entre Hermanas de la Cari-
dad, que algo la consolaron en la hora terrible. La buena
psicología nos hace conjeturar que alguna noche, en sus
tristes insomnios, echó de menos el dúo de la tos; pero
no sería en los últimos momentos, que son tan solemnes.
O acaso sí.

---

26  Municipio español, al norte de la provincia de Huesca, en la comunidad
autónoma de Aragón.

# ELEONORA

*( Eleonora )*

## Edgar Allan Poe

( 1809 – 1849 )

# ELEONORA

*Sub conservatione formae specificae salva anima*[27]
**Raimundo Lulio**

Soy descendiente de una destacada raza distinguida por la fuerza de su imaginación y el ardor de sus pasiones. Los hombres me han considerado un loco, pero aún no está claro si la locura es o no la forma más elevada de la inteligencia, si gran parte de la gloria, si todo lo que es profundo, no emanan de una enfermedad del pensamiento, de unos estados exaltados de ánimo que están a expensas de un intelecto global. Los que sueñan de día conocen muchas cosas que se le escapan a aquellos que sólo sueñan por las noches. En sus apagadas visiones consiguen indicios de eternidad, y al despertar se turban cuando descubren que han estado al borde del gran secreto. De una manera parcial logran conocer algo de la propia sabiduría y bastante más del mismo conocimiento propio del mal. Se introducen, sin timón ni brújula, en el inmenso océano de esa "inefable luz", y una vez más, como los aventureros del geógrafo nubio *agressi sunt mare tenebrarum quid in eo esset exploraturi.*[28]

---

27  "El alma se salva porque conserva su forma original".
28  "Se adentraron en un mar de oscuridad con el fin de explorar lo que pudiese contener".

Así, podemos decir que estoy loco. Al menos admito que existen dos estados distintos en mi existencia mental: un primer estado de lucidez, que es indiscutible y pertenece a la memoria de los acontecimientos de una primera parte de mi vida, y un segundo estado sombrío, lleno de dudas, que pertenece al presente y a aquellos recuerdos que forman parte de un segundo periodo de mi existencia. Por ello, debéis creer lo que contaré de esa primera época, y a lo que pueda relatar del segundo, concededle solamente el crédito que se merezca; o bien, dudad sin cortapisas, y, si no sois capaces de dudar, haced lo mismo que Edipo[29] ante el enigma.

El amor de mi juventud, del que me llegan ahora con calma y claridad estos recuerdos, era la única hija de la hermana de mi madre, que ya había fallecido hace mucho tiempo. Mi prima se llamaba Eleonora. Siempre vivimos juntos, bajo el sol tropical del *Valle de la Hierba Resplandeciente*. Nunca pudo llegar nadie a aquel valle sin un guía, pues se encontraba bastante apartado entre una cadena de enormes colinas que lo rodeaban con sus riscos e impedían que la luz llegara a sus más bellos rincones. No existía ni un sendero pisado en la comarca, y para poder llegar hasta nuestro feliz hogar era necesario apartar con esfuerzo la maleza de millares de árboles agrestes y pisotear la grandiosidad de millones de flores aromáticas.

Así, vivíamos en soledad, sin noticias del mundo exterior al valle, juntos, yo, mi prima y su madre.

Desde unos imprecisos territorios, más allá de las montañas, en el borde más alto de nuestra comarca, discurría un estrecho y profundo río, y no existía nada tan brillante, a excepción de los ojos de Eleonora; serpenteaba furtivo a

---

29  Rey de Tebas que, sin saberlo, mató a su padre y desposó a su madre.

través de su sinuoso cauce, pasando al final a través de una oscura garganta, entre colinas aún más oscuras de aquellas donde se originaba. Lo conocíamos como el *Río del Silencio*, porque su corriente parecía ejercer una influencia enmudecedora para el que la contemplaba. De su lecho no salía murmullo alguno y se deslizaba con tanta delicadeza que los guijarros aljofarados que tanto nos gustaba contemplar el la profundidad de su cauce no se movían, en una quietud admitida, cada uno en su perpetua posición, brillando intensamente hasta la eternidad.

Las orillas del río y de los incontables arroyos deslumbrantes que se deslizaban sinuosamente hasta su cauce, así como las zonas que se extendían desde aquellos márgenes para descender a las profundidades de las corrientes y tocar el lecho de guijarros del fondo, todos esos lugares, al igual que toda la superficie del valle, desde aquel río hasta las montañas que lo rodeaban, se encontraban todos alfombrados por una hierba verdosa y delicada, espesa y corta, perfectamente uniforme que emanaba aromas de vainilla, y tan salpicada de ranúnculos amarillos, margaritas blancas, violetas purpúreas y asfódelos rojos, que su desmedida hermosura podía hablar a nuestros corazones, con alta voz, del amor y la gloria de Dios.

Y en todas partes, en pequeños bosques entre la hierba, parecidos a selvas de ensueño, se erguían fabulosos árboles, cuyos altos y fornidos troncos no eran rectos, sino que se inclinaban con gracia hacia la luz que aparecía al mediodía en el centro del valle. Sus cortezas tenían manchas que alternaban el esplendor vivaz del ébano y la plata, sin que hubiese nada más suave, excepto las mejillas de Eleonora.

Así, de no ser por vivo verde de las grandes hojas que se derramaban en largas filas trémulas desde sus cimas, alternando con los céfiros, se podrían haber confundido con

115

las enormes serpientes de Siria que rendían homenaje a su caudillo, el Sol.

Cogidos de la mano durante quince días, vagamos por ese valle Eleonora y yo antes de que el amor invadiera nuestros corazones. Ocurrió por la tarde, cuando acababa el tercer lustro de su vida y el cuarto de la mía, estando abrazados junto a los árboles serpenteantes, contemplando nuestros rostros en el agua del *Río del Silencio*. No pronunciamos palabra alguna el resto de aquel dulce día, y al siguiente nuestras frases eran escasas y titubeantes. Habíamos sacado al dios Eros de aquellas ondas y podíamos sentir como había encendido en nuestro interior las ardientes almas de nuestros antepasados. Aquellas pasiones características de nuestra raza llegaron todas juntas, unidas a las fantasías que también poseía, y juntos disfrutamos de una dicha apasionada en el *Valle de la Hierba Resplandeciente*.

Sobrevino entonces un cambio en todas las cosas. Donde nunca se habían visto flores, brotaron en los árboles unas extrañas y brillantes flores con forma de estrella. Se intensificaron los matices de la alfombra verde, y mientras desaparecían las blancas margaritas, una por una, en su mismo lugar brotaban los asfódelos rojos como el rubí, de diez en diez. Y surgía la vida en los senderos; altos flamencos que nunca antes se habían visto y todos los resplandecientes pájaros alegres, desplegaban sus purpúreos plumajes ante nuestra vista. El río se veía frecuentado por peces dorados y plateados, y de su seno iba surgiendo, poco a poco, una especie de murmullo que concluyó al final en una melodía arrulladora más sublime que la del arpa eólica, y no existía nada más dulce, excepto la voz de Eleonora.

Y una voluminosa nube que habíamos detectado hace largo tiempo en las regiones del Héspero[30], flotaba con su

30  Es el lucero vespertino en la mitología griega, el planeta Venus visto por la tarde.

fastuosidad de oro y carmesí, mientras difundía paz entre nosotros y descendía cada vez más, día tras día, hasta que sus bordes se posaron a descansar en las cimas de las montañas, convirtiendo toda la oscuridad en esplendor y aprisionándonos, al parecer, en una prisión mágica de grandeza y gloria para siempre.

La belleza de Eleonora era como la de los ángeles, pero era una muchacha natural e inocente, al igual que la breve existencia que había llevado entre aquellas flores. No había ningún ardid que disimulase el ferviente amor que embargaba su corazón, y examinaba junto a mí los escondrijos más ocultos mientras paseábamos juntos por el *Valle de la Hierba Resplandeciente*, y hablábamos sobre los notables cambios que se habían producido en los últimos tiempos.

Al fin, hablando cierto día, entre lágrimas, del postrero y triste camino que debe afrontar el hombre, en adelante Eleonora se enquistó en este doloroso tema, incluyéndolo en todas nuestras conversaciones, al igual que en los cánticos del bardo de Schiraz[31] se encuentran las mismas imágenes, una vez tras otra, en cada variación de la frase.

Presintió el dedo de la muerte posado sobre su pecho, y conoció que al igual que la efímera, había sido creada perfecta en su hermosura sólo para morir; pero ella reducía los terrenos de la tumba a una consideración que una tarde me contó a la hora del crepúsculo, a la orilla del *Río del Silencio*. Le pesaba pensar que, una vez enterrada en el *Valle de la Hierba Resplandeciente*, yo dejaría para siempre aquellos parajes felices, transfiriendo el amor tan apasionado que entonces le tenía a ella a otra señorita del vulgar mundo exterior.

---

Hijo de Eos, la diosa del amanecer.
31   Khajeh Shamseddin Muhammad Hafez Shirazi (Shiraz, 1325-1389), uno de los místicos y poetas persas más grande de todos los tiempos.

Y entonces, de repente me arrojé allí mismo a los pies de
Eleonora, y juré, ante ella y el cielo, que nunca me casaría
con ninguna otra hija de la Tierra, que nunca sería desleal
a su amada memoria o a la memoria del sacrificado amor
que yo había recibido como si de una bendición se tratase.
Y apelé al poderoso dueño del universo, para que sirviera
de testigo de la compasiva solemnidad de mi juramento. Y
la maldición que invoqué, de Él o de ella,, santa en el Elíseo, si no cumplía aquel juramento, implicaba un castigo
tan terrible que no soy capaz de comentarlo. Y los iluminados ojos de Eleonora brillaron más aún cuando escuchó
mis palabras, y suspiró como si del pecho se le hubiese qui-
tado una carga mortal, tembló y lloró con amargura, pero
aceptó el juramento, ya que no era más que una niña, y ello
le alivió en su lecho de muerte.

Luego me dijo, unos días después, en su tranquila ago-
nía, que, en compensación a lo que yo había hecho para
confortar su alma, velaría por mí en espíritu después de
su marcha, y si se lo permitían, regresaría de manera visible durante la vigilia nocturna. Pero si esto estaba fuera del alcance de las almas del Paraíso, al menos me daría
frecuentes indicios de su presencia, suspirando sobre mi
durante los vientos vespertales, o inundando el aire que yo
respiraba con los perfumes de los incensarios de los ángeles. Y entre estas palabras que surgían de sus labios, perdió
su inocente vida, poniendo fin al primer periodo de la mía.

Hasta ahora he hablado con precisión. Pero al atravesar la
barrera que en el camino del Tiempo construyó la muerte
de mi amada, y comenzar el segundo periodo de mi existencia, siento como una sombra que invade mi cerebro y
pone en duda la total cordura de mi relato. Pero dejadme
seguir. Los años se sucedían con lentitud y yo seguía resi-
diendo en el *Valle de la Hierba Resplandeciente*, donde un

segundo cambio había llegado a todas las cosas. Las flores con forma de estrella desaparecieron de los troncos de loa árboles para no volver a aparecer jamás. Se desvanecieron todos los matices de la alfombra verde y fueron marchitándose, uno tras otro, los asfódelos rojos como el rubí, y en su lugar brotaron como ojos violetas oscuras, de diez en diez, que se retorcían y siempre estaban llenas de rocío. Y la vida se esfumaba de los senderos; el alto flamenco no desplegaba su plumaje púrpura ante nosotros y voló con tristeza desde el valle hacia las colinas, junto a los alegres pájaros brillantes que llegaron en su compañía. Y los dorados y plateados peces nadaron a través de la garganta hasta los más recónditos lugares para no adornar nunca más aquel dulce río. Y la melodía arrulladora, más suave que el arpa eólica y más divina que cualquier cosa excepto la voz de Eleonora, se fue apagando poco a poco, con un susurro más sordo a cada instante, hasta que aquella corriente volvió, al fin, a la total solemnidad de su originario silencio. Y para acabar, la voluminosa nube se levantó para abandonar las cumbres de las montañas en su antigua oscuridad, retornando a las regiones del Héspero y llevándose consigo los múltiples resplandores dorados y sublimes del *Valle de la Hierba Resplandeciente.*

Pero las promesas de Eleonora no cayeron en saco roto, ya que pude oír el balanceo de los incensarios de los ángeles y las olas de un sagrado aroma flotaban constantemente en el valle, y durante las horas solitarias, cuando mi corazón latía con dificultad, los vientos que azotaban mi frente llegaban cargados de suaves suspiros, y unos confusos murmullos cubrían el aire nocturno con frecuencia, y una vez -¡y sólo una vez!- me despertó de un sueño, semejante al sueño de la muerte, la leve presión de unos espirituales labios sobre los míos.

Pero, aún de esa manera, el vacío de mi corazón rechazaba llenarse de nuevo. Ansiaba el amor que antes lo había colmado hasta derramarse. El valle me dolía debido a los recuerdos de Eleonora y tuve que abandonarlo para siempre buscando las vanidades y los éxitos perturbadores del mundo.

Legué a una extraña ciudad, donde todo hubiera servido para olvidar el recuerdo de los dulces sueños del *Valle de la Hierba Resplandeciente*. El lujo y la pompa de una espléndida corte, el estrépito vehemente de las armas y la singular belleza de las mujeres confundieron e intoxicaron mi mente. Aún así, mi alma fue fiel a su juramento y los indicios de la presencia de Eleonora aún me llegaban en las solitarias horas nocturnas. De repente, cesaron todas estas manifestaciones y el mundo se apagó ante mis ojos, quedándome enterrado en los ardientes pensamientos que me abrumaban, en las tentaciones terribles que me perseguían, pues de una lejana, lejanísima tierra desconocida, llegó a la alegre corte del rey al que servía, una doncella ante cuya belleza mi desleal corazón en seguida se rindió, a cuyos pies me incliné sin lucha alguna, con la más ardiente y más sublime adoración amorosa.

¿Qué podía ser mi pasión por la jovencita del valle comparada con el ardor y el delirio y la arrebatada adoración con que toda mi alma se derramaba en lágrimas ante los pies de la sutil Ermengarda? ¡Ah, ángel brillante, Ermengarda! Y sabiéndolo, no dejaba lugar para ninguna otra. ¡Ah, ángel divino, Ermengarda! Y, mirando en lo más profundo de sus ojos, donde residía el recuerdo, sólo pude pensar en ellos, y en ella.

Contraje matrimonio; no temí a la maldición que había invocado, y no me visitó en su amargura. Y una sola vez, una única vez durante el silencio de la noche, me llegaron a través de la celosía los delicados suspiros que me habían abandonado, y adoptando una voz dulce y familiar me murmuraron:

-¡Duerme en paz! Pues reina y gobierna el espíritu del Amor, y abriendo tu corazón apasionado a Ermengarda estás libre, por razones que conocerás en el Cielo, de todas tus promesas a Eleonora.

# EL DON JUAN

**Benito Pérez Galdós**

( 1843 – 1920 )

# EL DON JUAN

«Ésta no se me escapa: no se me escapa, aunque se opongan a mi triunfo todas las potencias infernales», dije yo siguiéndola a algunos pasos de distancia, sin apartar de ella los ojos, sin cuidarme de su acompañante, sin pensar en los peligros que aquella aventura ofrecía.

¡Cuánto me acuerdo de ella! Era alta, rubia, esbelta, de grandes y expresivos ojos, de majestuoso y agraciado andar, de celestial y picaresca sonrisa. Su nariz, terminada en una hermosa línea levemente encorvada, daba a su rostro una expresión de desdeñosa altivez, capaz de esclavizar medio mundo. Su respiración era ardiente y fatigada, marcando con acompasadas depresiones y expansiones voluptuosas el movimiento de la máquina sentimental, que andaba con una fuerza de caballos de buena raza inglesa. Su mirada no era definible; de sus ojos, medio cerrados por el sopor normal que la irradiación calurosa de su propia tez le producía, salían furtivos rayos, destellos perdidos que quemaban mi alma. Pero mi alma quería quemarse, y no cesaba de revolotear como imprudente mariposa en torno a aquella luz. Sus labios eran coral finísimo; su cuello, primoroso alabastro; sus manos, mármol delicado y flexible; sus cabellos, doradas hebras que las del mismo sol oscurecían. En el hemisferio meridional de su rostro, a algunos grados del meridiano de su nariz y casi a la misma latitud que la boca, tenía un lunar, adornado de algunos sedosos cabellos que, agitados por el viento, se mecían como frondoso cañaveral. Su pie era tan bello, que los adoquines parecían convertirse en flores cuando ella pasaba; de los movimientos de sus brazos, de las oscilaciones de su busto, del encantador vaivén de su cabeza, ¿qué puedo decir? Su cuerpo era el centro de una infinidad de irradiaciones eléctricas, suficientes para dar alimento para un año al cable submarino.

No había oído su voz; de repente la oí. ¡Qué voz, Santo Dios!, parecía que hablaban todos los ángeles del cielo por boca de su boca. Parecía que vibraba con sonora melodía el lunar, corchea escrita en el pentagrama de su cara. Yo devoré aquella nota; y digo que la devoré, porque me hubiera comido aquel lunar, y hubiera dado por aquella lenteja mi derecho de primogenitura sobre todos los don Juanes de la tierra.

Su voz había pronunciado estas palabras, que no puedo olvidar:

-Lurenzo, ¿sabes que comería un *bucadu*? -Era gallega.

-Ángel mío -dijo su marido, que era el que la acompañaba-: aquí tenemos el *Café del Siglo*, entra y tomaremos jamón en dulce.

Entraron, entré; se sentaron, me senté (enfrente); comieron, comí (ellos jamón, yo... no me acuerdo de lo que comí; pero lo cierto es que comí).

Él no me quitaba los ojos de encima. Era un hombre que parecía hecho por un artífice de Alcorcón, expresamente para hacer resaltar la belleza de aquella mujer gallega, pero modelada en mármol de Paros por Benvenuto Cellini[32]. Era un hombre bajo y regordete, de rostro apergaminado y

---

32  Escultor, orfebre, y escritor de Florencia (Italia). (1500-1571).

amarillo como el forro de un libro viejo: sus cejas angulosas y las líneas de su nariz y de su boca tenían algo de inscripción. Se le hubiera podido comparar a un viejo libro de setecientas páginas, voluminoso, ilegible y apolillado. Este hombre estaba encuadernado en un enorme gabán pardo con cantos de lanilla azul.

Después supe que era un bibliómano.

Yo empecé a deletrear la cara de mi bella galleguita.

Soy fuerte en la paleontología amorosa. Al momento entendí la inscripción, y era favorable para mí.

-Victoria -dije, y me preparé a apuntar a mi nueva víctima en mi catálogo. Era el número 1.003.

Comieron, y se hartaron, y se fueron.

Ella me miró dulcemente al salir. Él me lanzó una mirada terrible, expresando que no las tenía todas consigo; de cada renglón de su cara parecía salir una chispa de fuego indicándome que yo había herido la página más oculta y delicada de su corazón, la página o fibra de los celos.

Salieron, salí.

Entonces era yo el don Juan más célebre del mundo, era el terror de la humanidad casada y soltera. Relataros la serie de mis triunfos sería cosa de no acabar. Todos querían imitarme; imitaban mis ademanes, mis vestidos. Venían de lejanas tierras sólo para verme. El día en que pasó la aventura que os refiero era un día de verano, yo llevaba un chaleco blanco y unos guantes de color de fila, que estaban diciendo comedme.

Se pararon, me paré; entraron, esperé; subieron, pasé a la acera de enfrente.

En el balcón del quinto piso apareció una sombra: ¡es ella!, dije yo, muy ducho en tales lances.

Me acerqué, mire a lo alto, extendí una mano, abrí la boca para hablar, cuando de repente, ¡cielos misericordiosos!, ¡cae sobre mí un diluvio!... ¿de qué? No quiero que este pastel quede, si tal cosa nombro, como quedaron mi chaleco y mis guantes.

Me llené de ira: me habían puesto perdido. En un acceso de cólera, entro y subo rápidamente la escalera.

Al llegar al tercer piso, sentí que abrían la puerta del quinto. El marido apareció y descargó sobre mí con todas sus fuerzas un objeto que me descalabró: era un libro que pesaba sesenta libras. Después otro del mismo tamaño, después otro y otro; quise defenderme, hasta que al fin una *Compilatio decretalium* me remató: caí al suelo sin sentido.

Cuando volví en mí, me encontré en el carro de la basura.

Me levanté de aquel lecho de rosas, y me alejé como pude. Miré a la ventana: allí estaba mi verdugo en traje de mañana, vestido a la holandesa; sonrió maliciosamente y me hizo un saludo que me llenó de ira.

Mi aventura 1.003 había fracasado. Aquélla era la primera derrota que había sufrido en toda mi vida. Yo, el don Juan por excelencia, ¡el hombre ante cuya belleza, donaire, desenfado y osadía se habían rendido las más meticulosas divinidades de la tierra!... Era preciso tomar la revancha en la primera ocasión. La fortuna no tardó en presentármela.

Entonces, ¡ay!, yo vagaba alegremente por el mundo, visitaba los paseos, los teatros, las reuniones y también las iglesias.

Una noche, el azar, que era siempre mi guía, me había llevado a una novena: no quiero citar la iglesia, por no dar origen a sospechas peligrosas. Yo estaba oculto en una capilla, desde donde sin ser visto dominaba la concurrencia. Apoyada en una columna vi una sombra, una figura, una mujer. No pude ver su rostro, ni su cuerpo, ni su ademán, ni su talle, porque la cubrían unas grandes vestiduras negras desde la coronilla hasta las puntas de los pies. Yo colegí que era hermosísima, por esa facultad de adivinación que tenemos los don Juanes.

Concluyó el rezo; salió, salí; un joven la acompañaba, «¡su esposo!», dije para mí, algún matrimonio en la luna de miel.

Entraron, me paré y me puse a mirar los cangrejos y langostas que en un restaurante cercano se veían expuestos al público. Miré hacia arriba, ¡oh, felicidad! Una mujer salía del balcón, alargaba la mano, me hacía señas... Me cercioré de que no tenía en la mano ningún ánfora de alcoba, como el maldito bibliómano, y me acerqué. Un papel bajó revoloteando como una mariposa hasta posarse en mi hombro. Leí: era una cita. ¡Oh, fortuna!, ¡era preciso escalar un jardín, saltar tapias!, eso era lo que a mí me gustaba. Llegó la siguiente noche y acudí puntual. Salté la tapia y me hallé en el jardín. Un tibio y azulado rayo de luna, penetrando por entre las ramas de los árboles, daba melancólica claridad al recinto y marcaba pinceladas y borrones de luz sobre todos los objetos.

Por entre las ramas vi venir una sombra blanca, vaporosa: sus pasos no se sentían, avanzaba de un modo misterioso, como si una suave brisa la empujara. Se acercó a mí y me tomó de una mano; yo proferí las palabras más dulces de mi diccionario, y la seguí; entramos juntos en la casa. Ella andaba con lentitud y un poco encorvada hacia adelante. Así deben andar las dulces sombras que vagan por el Elíseo, así debía andar Dido[33] cuando se presentó a los ojos de Eneas el Pío.

---

33  Fundadora y primera reina de Cartago, en el Túnez actual. Personaje en la *Eneida* de Virgilio.

Entramos en una habitación oscura. Ella dio un suspiro que así de pronto me pareció un ronquido, articulado por unas fauces llenas de rapé. Sin embargo, aquel sonido debía salir de un seno inflamado con la más viva llama del amor. Yo me postré de rodillas, extendí mis brazos hacia ella... cuando de pronto, un ruido espantoso de risas resonó detrás de mí; se abrieron puertas y entraron más de veinte personas, que empezaron a darme de palos y a reír como una cuadrilla de demonios burlones. El velo que cubría mi sombra cayó, y vi, ¡Dios de los cielos!, era una vieja de más de noventa años, una arpía arrugada, retorcida, seca como una momia, vestigio secular de una mujer antediluviana, de voz semejante al gruñido de un perro constipado; su nariz era un cuerno, su boca era una cueva de ladrones, sus ojos, dos grietas sin mirada y sin luz. Ella también se reía, ¡la maldita!, se reía como se reiría la abuela de Lucifer, si un don Juan le hubiera hecho el amor.

Los golpes de aquella gente me derribaron; entre mis azotadores estaban el bibliómano y su mujer, que parecían ser los autores de aquella trama.

Entre puntapiés, pellizcos, bastonazos y pescozones, me pusieron en la calle, en medio del arroyo, donde caí sin sentido, hasta que las matutinas escobas municipales me hicieron levantar. Tal fue la singular aventura del don Juan más célebre del universo. Siguieron otras por el estilo; y siempre tuve tan mala suerte, que constantemente paraba en los carros que recogen por las mañanas la inmundicia acumulada durante la noche. Un día me trajeron a este sitio, donde me tienen encerrado, diciendo que estoy loco. La sociedad ha tenido que aherrojarme como a una fiera asoladora; y en verdad, a dejarme suelto, yo la hubiera destruido.

# LA DAMA DEL PERRITO

*( Дама с собачкой )*

## Anton Chejov

( 1860 - 1904 )

# LA DAMA DEL PERRITO

## I

Un nuevo protagonista había aparecido en la comarca: se trataba de una señora con un perrito. Dmitri Dmitrich Gurov, que entonces pasaba una temporada en Yalta, empezó a interesarse por los acontecimientos que allí se producían. Sentado en el pabellón de Verney, vio a una señora joven pasearse junto al mar, con el pelo rubio y de mediana estatura, que llevaba una gorra. Un perrito blanco de Pomerania correteaba delante de ella.

Después se volvió a encontrar con ella en los jardines públicos y en la plaza, varias veces. Paseaba sola, llevando siempre la misma gorra, y siempre con el mismo perrito; nadie la conocía y todos la llamaban simplemente «la dama del perrito».

«Si se encuentra aquí sola, sin su marido o sus amigos, no sería mala idea entablar amistad con ella», pensó Gurov.

Aún no había cumplido la cuarentena, pero ya tenía una hija de doce y otros dos hijos en la escuela. Se había casado joven, siendo estudiante de segundo año, y ya por entonces su mujer parecía tener la mitad de edad que él. Era una mujer alta y estirada, con cejas oscuras, seria y digna, y tal como ella misma solía decir, una intelectual. Leía con asiduidad y utilizaba un lenguaje retorcido; no llamaba a su marido Dmitri, sino Dimitri, y él en secreto la creía escasa de inteligencia, con unas ideas limitadas, cursi. Se avergonzaba de ella y no le gustaba quedarse en su casa. Empezó siéndole infiel hacía ya mucho tiempo -bastante a menudo-, y, probablemente por ello, solía casi siempre hablar mal de las mujeres, y cuando se sacaba este tema en su presencia, acostumbraba a llamarlas «la raza inferior».

Parecía estar tan escarmentado por aquella agria experiencia, que creía legítimo llamarlas como quisiera, pero, sin embargo, no podía pasar dos días seguidos sin «la raza inferior». En la sociedad masculina se aburría y no parecía el mismo; se mostraba frío y poco expresivo; pero en compañía de mujeres se sentía libre, sabía de qué hablarles y cómo comportarse; aunque estuviesen silencio, se encontraba entre ellas como pez en el agua. En su aspecto externo, su carácter y todo su ser, había algo atractivo que seducía a las mujeres, predisponiéndolas en su favor. Él lo sabía, y se podía decir también que una fuerza desconocida lo guiaba hacia ellas.

La experiencia, la cruda y amarga experiencia, que se repetía a menudo, hacía tiempo le había enseñado que con gente decente, especialmente la gente de Moscú -lentos y ambiguos para todo-, la intimidad, que en un principio transforma deliciosamente la vida y nos parece una etérea y encantadora aventura, llega a ser irremediablemente un problema inescrutable, y el tiempo hace la situación insoportable. Pero con cada nuevo encuentro con una mujer interesante, se olvidaba de esta experiencia, sentía nuevas ansias de vivir, y todo le resultaba sencillo y divertido.

Cierta noche que estaba comiendo en los jardines, la señora de la gorra llegó lentamente y se sentó en la mesa de al lado. La expresión de su rostro, su apariencia, su atuendo y el peinado, le indicaron que era una señora, casada, que se encontraba en Yalta por primera vez y que estaba triste... Esas historias inmorales, que se cuentan en lugares como Yalta, son la mayoría de las veces mentira. Gurov las despreciaba; sabía que en su mayor parte eran inventos de personas que hubieran pecado sin dudarlo, de haber tenido la ocasión. Pero cuando la dama del perrito se sentó en la mesa de al lado, a sólo tres pasos de él, recordó esas historias de conquistas cómodas, de excursiones a las montañas, y la tentadora idea de una dulce y rápida aventura amorosa, una novela con una mujer desconocida, de nombre también desconocido, se apoderó repentinamente de su espíritu.

Llamó con cariño al pomeranio, y cuando se acercó a él lo acarició con la mano. El perro gruñó; Gurov volvió a pasarle la mano.

La señora miró hacia él, bajando enseguida los ojos.

-No muerde -dijo, y se ruborizó.

-¿Le puedo dar un hueso? -preguntó Gurov; y al asentir ella con la cabeza, volvió a preguntar con cortesía-. ¿Hace mucho tiempo que reside usted en Yalta?

-Cinco días.

-Yo llevo quince aquí.

Un leve silencio siguió a estas palabras.

-El tiempo pasa tan de prisa, y, sin embargo, ¡esto es tan triste! –le dijo ella sin mirarlo.

-Se ha puesto de moda decir que esto es triste. Cualquiera viviría en Belyov o en Lhidra sin estar triste, y cuando llega aquí, en seguida proclama: «¡Qué tristeza! ¡Qué polvo!» ¡Cualquiera diría que viene de Granada!

Ella se echó a reír. Después, ambos continuaron comiendo en silencio, como extraños; pero después de comer pasearon juntos y enseguida comenzó entre ambos la conversación ágil y mordaz entre dos personas que se sienten libres y satisfechas, a las que no importa ni lo que van a hablar ni a dónde van a dirigirse.

Pasearon y comentaron la luz tan extraña que había sobre el mar; el agua lucía de un suave tono malva oscuro y la luna extendía una estela dorada sobre ella. Hablaron del bochorno después de un día de calor. Gurov le contó que venía de Moscú, donde estudió Arte, pero que ahora era empleado de un banco; que había trabajado como cantante en una compañía de ópera, para abandonarla después; que tenía dos casas en Moscú...

De ella supo que estudió en San Petersburgo, pero vivía en S... desde su matrimonio, ya hacía dos años, y que aún pasaría un mes en Yalta, donde se le uniría posiblemente su marido, que también necesitaba unos días de descanso. No estaba segura de si su marido tenía un puesto en el Departamento de la Corona o en el Consejo Provincial, y esta misma duda parecía divertirla.

Gurov también supo que su nombre era Ana Sergeyevna.

Más tarde, ya en su habitación, pensó en ella; pensó que volvería a encontrarse con ella el día siguiente; sí, inevitablemente se encontrarían. Al acostarse se acordó de lo que ella le contó de sus sueños de colegio: había estado en él hasta hacía poco, estudiando las lecciones como cualquier niña. Y Gurov pensó entonces en su propia hija. Recordaba su suspicacia, la timidez de su sonrisa y sus modales, su manera de dirigirse a un extraño. Ésta debía ser la primera vez en toda su vida que estaba sola, inspeccionada con curiosidad e interés; también la primera vez que creyó intuir

en las palabras de los demás secretas intenciones al dirigirse a ella... Recordó su cuello esbelto y delicado, además de
sus encantadores ojos grises.

«Hay algo triste en esta mujer», pensó, y se quedó dormido.

## II

Había pasado una semana desde que trabaron amistad. Era
día de fiesta. Dentro de las casas hacía bochorno, y en la
calle el viento formaba remolinos de polvo y hacía volar
el sombrero a los peatones. Era un día de auténtica sed,
y Gurov entró varias veces en el pabellón, ofreciéndole a
Ana Sergeyevna un jarabe, agua o un helado. Nadie sabía
qué hacer.

Por la tarde, cuando se calmó algo el viento, salieron a ver
llegar el vapor. Había mucha gente paseando por el puerto;
se habían reunido para recibir a alguien y llevaban ramos
de flores. Allí se advertían dos atributos de la gente elegante de Yalta: las señoras mayores vestían como chicas jóvenes y había muchos generales con su uniforme.

Debido a lo agitado que se encontraba el mar, el vapor llegó muy tarde, después de la puesta del sol, y tardó bastante
tiempo en atracar en el muelle.

Ana Sergeyevna miró con sus impertinentes al vapor y a
sus pasajeros, como si estuviera esperando encontrar algún
conocido, y cuando se volvió hacia Gurov sus ojos brillaron. Hablaba mucho y preguntaba cosas discordantes, ol-
vidándose al momento lo que había preguntado; al hacer
un movimiento con la mano dejó caer sus impertinentes
al suelo.

La muchedumbre empezó a dispersarse; estaba demasiado
oscuro para distinguir los rostros de los que pasaban. El

viento se había calmado por completo, pero Gurov y Ana Sergeyevna se quedaron allí inmóviles como si esperaran ver salir a alguien más del vapor.

Ella en silencio olía las flores, sin mirar a Gurov.

-El tiempo ha mejorado esta tarde –le dijo él-. ¿Ahora dónde vamos?

Ella no contestó.

En ese mismo momento Gurov la miró fijamente, rodeó su cuerpo con el brazo y la besó en los labios, respirando la frescura y fragancia de las flores; luego miró con ansiedad a su alrededor, con miedo a que alguien los hubiera visto.

-Vámonos al hotel –le dijo él dulcemente. Y ambos caminaron con ligereza.

La habitación estaba cerrada y perfumada con la esencia que ella había adquirido en un almacén japonés. Gurov miró a Ana Sergeyevna y pensó: ¡Qué personas tan distintas encuentra uno en este mundo!

De su pasado, tenía recuerdos de mujeres ligeras, algunas de buen fondo, que lo amaban con alegría agradeciéndole la felicidad que él podía proporcionarles, por muy breve que ésta fuese; de mujeres, como la suya propia, que amaban con frases superfluas, conmovidas, histéricas, con una cierta expresión que hacía sospechar que no se trataba de amor ni pasión, sino de algo más significativo; y de unas dos o tres más, hermosas, frías, en cuyos rostros sorprendió más de una vez esos destellos de rapiña, un deseo perseverante de sacar de la vida mucho más de lo que ésta podía darles. Se trataba de mujeres espontáneas, dominantes, faltas de inteligencia y de una edad ya madura; de manera que cuando empezaba a mostrarse frío con ellas, esa misma hermosura excitaba su odio, y se figuraba que aquellos encajes con que engalanaban vestidos eran escalas para él.

Pero en ella sólo existía la timidez de una juventud inexperta, algo parecido al miedo. Todo ello proporcionaba a la escena cierto aspecto de consternación, como si alguien llamase de repente a la puerta. La actitud de Ana Sergeyevna -«la dama del perrito»- en lo acontecido tenía algo peculiar, algo muy grave, como si se tratase de su caída. Eso parecía, y resultaba algo extraño e inapropiado. Su rostro se debilitó, y poco a poco se le soltó el pelo. Bajo esta actitud de depresión y reflexión se parecía a un antiguo grabado: "La mujer pecadora".

-Hice mal –me dijo-. Usted será ahora el primero en menospreciarme.

Sobre la mesa había una sandía. Gurov cortó un pedazo y comenzó a comérsela sin prisa. Ambos guardaron silencio cerca de media hora.

Ana Sergeyevna se mostraba enternecedora; en ella se advertía la pureza de la mujer simple y buena que ha visto poco de esta vida.

Sin embargo, la luz de una vela iluminando su rostro revelaba que se sentía desgraciada.

-¿Cómo es posible que yo pueda menospreciarla? –le preguntó Gurov-. No sabe lo que dice.

-Dios me perdone -dijo; y sus ojos se inundaron de lágrimas-. Es algo horrible -añadió.

-Parece que usted necesita que la perdonen.

-¿Perdón? No. Soy una infame mujer. Me desprecio a mí misma y no quiero justificarme. No es a mi marido sino a mí a quien he engañado. Y esto no es sólo de ahora, ya hace bastante tiempo que me estoy engañando. Mi marido puede ser bueno y honrado, pero ¡también es un lacayo! No sé qué es lo que hace allí ni en qué trabaja; pero sé que es un lacayo. Tenía veinte años cuando me casé con él. Siempre he vivido atormentada por ese sentimiento de curiosidad; necesitaba algo mejor. Debe existir otro tipo de vida, me repetía a mí misma. Sentía ganas de vivir. ¡Vivir! ¡Vivir!... La curiosidad me consumía... Usted no me comprende, pero le juro por Dios que llegó un momento en que no fui capaz de contenerme; debió ocurrirme algo fuera de lo normal. Le aseguré a mi marido que me encontraba mal y me vine aquí... Y aquí he estado deambulando de un lado para otro como una loca..., y ahora me he convertido en una mujer vulgar, despreciable, a quien todos despreciarán.

Gurov casi se sintió aburrido mientras la escuchaba.

Le crispaba ese tono ingenuo con que hablaba y aquellos remordimientos tan inadecuados; de no ser por sus lágrimas hubiese creído que estaba fingiendo una comedia.

-No la entiendo -dijo con dulzura-. ¿Qué es lo que quiere?

Ella ocultó su rostro en el pecho de él, apretándolo tiernamente.

-¡Créame, créame, se lo suplico! Amo la vida pura y honrada; odio el pecado. No sé lo que estoy haciendo. La gente a veces suele decir: «El demonio me ha tentado». Yo también pudiera afirmar que ese espíritu del mal me ha burlado.

-¡Chist! ¡Chist!... –murmuró él.

Después la miró firmemente, la besó, le habló con dulzura y cariño, y gradualmente se fue tranquilizando, volvió a mostrarse alegre, y acabaron por reírse ambos. Cuando salieron afuera no había nadie a orillas del mar. La ciudad y sus cipreses tenían un aspecto lúgubre; las olas se deshacían ruidosamente cuando llegaban a la orilla; cerca se balanceaba una barca, dentro de la cual parpadeaba aletargada una linterna.

Encontraron un coche y lo cogieron; se fueron en dirección a Oreanda.

-Al pasar por el vestíbulo he visto escrito su apellido en la lista: Von Diderits -dijo Gurov-. ¿Su marido es alemán?

-No, pero creo que su abuelo lo era; él es un ruso ortodoxo.

En Oreanda se sentaron en silencio en un lugar no muy lejos de la iglesia, mirando al mar. Yalta apenas podía verse a través de la niebla matinal; unas nubes blancas permanecían inmóviles en lo alto de las montañas. Ni se movía una hoja; las cigarras cantaban en los árboles y a ellos sólo les llegaba desde abajo el sórdido y monótono ruido de las olas hablando de paz, hablando de ese eterno sueño que nos espera a todos. De igual manera debía oírse cuando ni Yalta ni Oreanda existían; así se sigue oyendo ahora, y se oirá con la misma reiteración cuando ya no existamos. Y en esta tenacidad, en una completa indiferencia para la vida y la muerte de cada uno de nosotros, se oculta probablemente la garantía de nuestra eterna salvación, la garantía del incesante movimiento de la vida sobre el planeta, la garantía del progreso hacia la perfección.

Sentado junto a una joven que bajo la luz del amanecer parecía tan atractiva, agasajada e idealizada por los fascinantes alrededores -el mar, las montañas, las nubes, el azul del cielo-, Gurov especuló sobre lo hermoso que es todo en este mundo cuando se refleja en nuestra alma: todo, menos aquello que pensamos o hacemos cuando nos olvidamos de nuestra dignidad y de los altos ideales de nuestra existencia.

Un hombre pasó junto a ellos - probablemente un guarda-, los miró y siguió adelante. Este detalle les pareció misterioso pero también lleno de encanto. Luego divisaron un vapor que venía de Teodosia, cuyas luces brillaban confundiéndose con las del amanecer.

-Hay gotas de rocío sobre la hierba -dijo Ana Sergeyevna después de un breve silencio.

-Sí. Es la hora de volver. Y regresaron a la ciudad.

Volvieron a verse todos los días a las doce; comían juntos, paseaban y contemplaban el mar. Ella se quejaba de no dormir bien, sentía palpitaciones en el corazón; le hacía siempre las mismas preguntas, unas veces interrumpidas por celos, otras por el miedo de que Gurov no la respetase lo suficiente. Y a menudo, en los jardines, en la orilla del agua, cuando estaban solos, él la besaba apasionadamente. Aquella vida sosegada, aquellos besos a pleno día mientras miraban alrededor por miedo a ser vistos, el calor, el olor del mar y el continuo ir y venir de gente sin nada que hacer, perfumada, bien vestida, hicieron de Gurov otro hombre. Encontraba a Ana Sergeyevna atractiva, fascinadora, y así se lo hacía saber a ella con frecuencia. Se volvió ansioso y apasionado hasta el punto de no querer separarse nunca de su lado. Ella, entretanto, seguía pensativa y le decía continuamente que no la respetaba lo suficiente, que no la amaba lo más mínimo, y que debía pensar en ella como en una mujer cualquiera. Cada día al caer la tarde se iban en coche lejos de Yalta, a Oreanda o a la cascada, y esos paseos eran siempre un premio para ellos; la escena siempre les impresionaba como algo majestuoso y muy hermoso.

Esperaban a su marido, que debía llegar pronto; pero cierto día recibió una carta en la que le comunicaba que se encontraba mal y le suplicaba que volviera lo antes posible. Así, Ana Sergeyevna se preparó para marcharse.

-Es bueno que me vaya -le dijo a Gurov-. «¡Es el dedo del destino!»

El día de la partida, Gurov la acompañó en el coche. Al llegar al tren, sonando la segunda campanada, Ana Sergeyevna le dijo:

-¡Déjame mirarte una vez más... otra vez más! Así..., ya está.

No lloraba, pero su cara reflejaba tal tristeza que parecía enferma; los labios le temblaban.

-Me acordaré siempre de ti..., pensaré en ti siempre... -dijo-. Que Dios te proteja; intenta ser feliz. Nunca pienses mal de mí. Nos separamos para no volvernos a ver jamás; así es como debe ser, porque nunca debimos habernos encontrado. Que Dios esté contigo, adiós.

El tren partió enseguida, sus luces desaparecieron muy pronto, y un minuto más tarde ya no se oía ni el ruido, como si todo hubiese conspirado para acabar lo antes posible aquel dulce ensueño, aquella locura.

Ya solo, en el andén, mirando hacia donde el tren había desaparecido, Gurov escuchó el ruido de las cigarras, el zumbido de los cables del telégrafo, y le pareció como si acabara de despertarse. Y meditó sobre esta página de su vida que ya tocaba a su fin, y de la que sólo quedaba el recuerdo... Se sintió perturbado, triste y con algún remordimiento. Aquella mujer, que nunca más volvería a ver, no fue feliz con él, porque aunque la trató con aprecio y cariño, siempre hubo en sus formas, en sus caricias, una leve sombra de ironía, la condescendencia irreverente de un hombre feliz que, encima, le doblaba la edad. Ana Sergeyevna le dijo siempre que era bueno, distinto a los demás, a veces sublime...; se había mostrado a ella siempre como no era en realidad y sin intención alguna la había engañado.

Un ambiguo perfume de otoño ya se dejaba sentir en el ambiente; era una tarde fría y triste.

-Es hora de marcharme al Norte -pensó Gurov dejando el andén-. ¡Sí, ya es hora!

## III

En su casa de Moscú lo encontró todo preparado para el invierno; las estufas estaban encendidas, y aún estaba oscuro por las mañanas cuando sus hijos desayunaban para marcharse al colegio, tanto que la niñera debía encender un rato la luz. Habían comenzado las heladas. Cuando caen las primeras nieves y salen los primeros trineos es agradable observar la tierra blanca, los tejados blancos, exhalar el aliento tibio; la estación nos trae al recuerdo los años juveniles. Las añejas limas y los abedules, cubiertos de escarcha, con una expresión agradable y más cerca de nuestro corazón que los cipreses y las palmas. A su lado se olvidan el mar y las montañas.

Gurov había nacido en Moscú. Llegó un hermoso día nevado, y al ponerse el abrigo de pieles y los guantes, al pasearse por Petrovka, al oír el sonido de las campanas el domingo por la tarde, se olvidó del encanto de su reciente aventura y del lugar que había abandonado. Poco a poco se sumergió en la vida moscovita; leía con voracidad los diarios ¡y comentaba que lo hacía sin fundamento! Pronto sintió un irresistible deseo de acudir a los restaurantes, a los clubes, a las comidas, a los aniversarios y las fiestas; se sintió orgulloso de poder hablar y discutir con famosos abogados, con artistas, de jugar a los naipes con algún profesor en el club de doctores. Podía hasta comerse un plato de pescado salado, o una col...

Después de un mes, creyó que la imagen de Ana Sergeyevna debía cubrirse con una sombra en su memoria y visitarla de cuando en cuando en sueños, con una sonrisa, como hacían otros. Pero ya transcurrido más de un mes, llegó el auténtico invierno, y recordaba todo aquello con tanta claridad como si se hubiese separado de Ana Sergeyevna el día anterior. Estos recuerdos, lejos de morir, se intensificaron con el paso del tiempo.

Durante la tranquilidad de la tarde, oyendo las palabras de los niños estudiando en voz alta, oyendo el sonido del piano en un restaurante, o el ruido de la tormenta que llegaba a través de la chimenea, todo volvía de repente a su memoria: lo que sucedió en el muelle aquella mañana de niebla junto a las montañas, el vapor que regresaba de Teodosia y los besos. Gurov entonces se levantaba y paseaba por su habitación, recordando con una sonrisa en los labios; luego, sus recuerdos se transformaban en ilusiones, y en su fantasía el pasado se confundía con el futuro. Ana Sergeyevna ya no lo visitaba en sueños, lo perseguía por todas partes como si fuese una sombra, como un fantasma. Al cerrar sus ojos la veía como si estuviera viva justo delante de él, y Gurov la encontraba mucho más encantadora, más joven, más lozana de lo que era en realidad, y se la imaginaba aún más bella de lo que estaba en Yalta. Cada tarde, Ana Sergeyevna lo observaba desde la  estantería de los libros, desde la chimenea; oía su respiración desde cualquier rincón, así como el roce amoroso de su falda. Por la calle miraba a todas las mujeres buscando alguna que se pareciese algo a ella.

Lo atormentaba un fuerte deseo de comunicar sus ideas a alguien. En su casa era imposible hablar de su amor, y fuera tampoco tenía a nadie; no podía contárselo ni a sus compañeros de trabajo ni a ninguno del banco. ¿De qué podía hablar entonces? Pero, ¿acaso había estado enamorado? ¿Hubo algo poético, edificante, algo de interés en sus relaciones con Ana Sergeyevna? Y todo le volvía a hablar remotamente de amor, de mujeres, y nadie sospechaba nada; sólo su esposa fruncía el ceño y decía:

-No te sienta bien el papel de conquistador, Dimitri.

Una tarde, volviendo del club de doctores con un oficial con el que había estado jugando a las cartas, no pudo contenerse y le dijo:

-¡Si vieras la fascinante mujer que conocí en Yalta!

El oficial subió a su trineo, y ya se iba cuando se volvió de repente exclamando:

-¡Dmitri Dmitrich!

-¿Qué?

-¡Tenías razón esta tarde: el esturión era demasiado fuerte!

Palabras tan burdas llenaron a Gurov de indignación, las encontró degradantes y groseras. ¡Qué modo tan bárbaro de hablar! ¡Qué noches tan estúpidas, qué días tan carentes de interés! El vicio de los naipes, la glotonería, la bebida, el continuo parlotear siempre sobre los mismos temas. Todas esas cosas consumen la mayor parte del tiempo de mucha gente, la principal parte de sus fuerzas, y al final de todo, ¿qué nos queda?: una vida de esclavo, disminuida, trivial e indigna, de la que no se puede escapar, como si estuvieras encerrado en un manicomio o en una prisión.

Gurov no pudo dormir en toda la noche, tan indignado estaba. Al día siguiente se levantó con dolor de cabeza. Y la siguiente noche volvió a dormir mal. Se sentó en la cama, pensando; después se levantó y comenzó a pasearse por la habitación. Estaba cansado de sus hijos, del banco; no tenía ganas de ir a ningún sitio ni quería ver a nadie.

Para las vacaciones de diciembre se preparó un viaje; le dijo a su mujer que se iba a San Petersburgo a resolver un asunto de un amigo y en su lugar se marchó a S... ¿Para qué? No lo sabía ni él mismo. Sentía la necesidad de ver a Ana Sergeyevna y de poder hablarle, y si fuese posible, tener una cita con ella.

Llegó a S... por la mañana y alquiló la mejor habitación del hotel; un cuarto con una alfombra gris en el suelo y un tintero gris sobre la mesa, adornado con una figura a caballo con el sombrero en la mano. El portero del hotel le informó adecuadamente: Von Diderits vivía en una casa de su propiedad en la antigua calle de Gontcharny; situada no muy lejos del hotel. Era un hombre rico y vivía a lo grande, con caballos propios; todos lo conocían en la ciudad. El portero lo pronunciaba «Dridirits».

Gurov se dirigió sin prisa a la calle de Gontcharny y encontró la casa. Enfrente se extendía una larga valla de color gris adornada con clavos.

-Dan ganas de ponerse a correr viendo este adefesio de valla -pensó Gurov, mirando desde allí las ventanas de la casa.

Luego se lo pensó mejor: era festivo y probablemente el marido estubiese en casa. De cualquier modo era una falta de sentido común el entrar en la casa y sorprenderla. Si le escribía una carta, podía caer en manos del esposo y todo se echaría a perder. Lo mejor era esperar alguna ocasión, y comenzó a pasearse por la calle arriba y abajo esperando esa ocasión. Observó a un indigente que se acercaba a la verja y a unos perros que salieron enseguida a ladrarle; una hora más tarde pudo oír débil y confuso el sonido de un piano.

Probablemente Ana Sergeyevna estaba tocando. De pronto, la puerta se abrió, y salió de la casa una vieja mujer, acompañada del blanco y familiar pomeranio. Gurov estuvo casi a punto de llamar al perro, pero el corazón empezó a latirle con fuerza, y en su nerviosismo no fue capaz de recordar el nombre.

Continuó su paseo midiendo aquella barrera gris una y otra vez, y entonces le dio por pensar que Ana Sergeyevna ya lo había olvidado y a aquellas horas se estaba divirtiendo con otro, lo que era natural en una mujer joven, que no tenía otra cosa que hacer que mirar desde la mañana hasta la noche aquella condenada valla. Volvió a su habitación del hotel y estuvo un largo rato sentado en el sillón sin saber qué hacer; luego comió y durmió durante mucho tiempo.

-¡Qué estúpido he sido! -exclamó al despertarse y mirar por la ventana-. Sin motivo, me he quedado dormido y ya es de noche. ¿Qué hago?

Se sentó en la cama cubierta por una colcha gris como las de los hospitales, y empezó a reírse de sí mismo; sentía un horrible fastidio.

-¡Al diablo con la dama del perrito y la dichosa aventura! En buen lío te has metido, Gurov...

Por la mañana le llamó la atención un cartel con letras muy grandes. *La Geisha* se representaba por primera vez. Se vistió y se fue al teatro.

-Es probable que ella asista a la primera representación -pensó.

Estaba lleno. Como en todos los teatros de provincia, había una atmósfera muy cargada, una especie de niebla flotando sobre las luces; en las galerías se oía el rumor de la gente; en primera fila, los chicos elegantes de la ciudad estaban mirando a la gente de pie, antes de elevarse el telón. En el palco del gobernador, su hija, acicalada con una boa, ocupaba el primer lugar, mientras él, oculto con modestia detrás de las cortinas, sólo dejaba visible sus manos. La orquesta empezó a afinar sus instrumentos y el telón se levantó. Seguía entrando el público que iba a ocupar sus asientos, y Gurov los observaba uno a uno con tremenda ansia.

Ana Sergeyevna también llegó. Tomó asiento en la tercera fila y Gurov sintió que su corazón explotaba al mirarla; entonces, comprendió con claridad que para él no había en todo el mundo criatura ninguna tan apreciada como ella; aquella muchachita sin atractivos de ninguna clase, perdida en una sociedad de provincias, con sus bastos impertinentes, llenaba toda su vida; se había convertido en su pena y su alegría, la felicidad única que ansiaba, y oyendo la música de la orquesta y el sonido de los indigentes violines provincianos, pensó en lo encantadora que resultaba. Pensó, y soñó...

Un hombre joven, con grandes patillas, alto y arqueado, llegó junto a Ana Sergeyevna y se sentó a su lado; inclinaba la cabeza a cada paso y parecía que estaba haciendo reverencias continuamente. Sin duda, debía ser su esposo, que cierta vez en Yalta, ella en una exclamación de amargura llamó lacayo; sonreía con impertinencia y en el ojal de su chaqueta llevaba una insignia o una distinción que semejaba el número de un criado.

Durante el primer descanso el marido salió fuera para fumar y Ana Sergeyevna se quedó sola en su butaca. Gurov se acercó a ella:

-Buenas noches -le dijo, con la voz temblorosa y una forzada sonrisa.

Al volver la cabeza y verle, Ana Sergeyevna se puso totalmente pálida; lo miró otra vez, casi horrorizada, estrujando el abanico y los impertinentes entre las manos en una lucha para no desmayarse. Los dos guardaron silencio. Ella continuó sentada, él de pie, asustado por aquella confusión que su presencia le había producido, y sin atreverse a sentarse a su lado.

Los violines y las flautas comenzaron a tocar, y de pronto Gurov sintió como si todos los palcos los estuvieran observando. Ana Sergeyevna se levantó, marchándose rauda hacia la puerta; él la siguió, y ambos se pusieron a andar sin saber adónde, a través de los pasillos, bajando y subiendo escaleras, viendo cómo desfilaban ante sus ojos uniformes escolares, civiles, militares, todos con medallas. Mientras pasaban, veían señoras, abrigos de pieles colgados de las perchas, y el aire les traía un olor a tabaco añejo. Y Gurov, cuyo corazón latía violentamente, pensó:

-«¡Cielos! ¿Qué harán aquí esta gente y esta orquesta?»

Y se acordó en aquel momento cuando, después de marcharse Ana Sergeyevna de Yalta, creyó que todo se había terminado y que no volverían a encontrarse nunca más. Pero, ¡qué lejos estaban aún del final!

A los pies de una escalera estrecha y oscura, sobre la que se podía leer: «Paso al anfiteatro», por fin se pararon.

-¡Cómo me has asustado! -exclamó ella casi sin respiración, aún lívida y algo agobiada-. ¡Oh, Dios, cómo me has asustado! Estoy casi muerta. ¿Por qué has venido? ¿Por qué?...

-Escúchame, Ana, escúchame... -repetía Gurov con rapidez y en baja voz -. Te suplico que me escuches...

Ella lo miraba con gran temor, un temor mezclado de amor y súplica; lo miraba con fijación como si quisiese grabar sus rasgos con profundidad en la memoria.

-¡Soy tan desgraciada! -siguió diciéndole sin escuchar-. No he hecho más que pensar en ti todo este tiempo; no vivo más que para ello. Pero, sin embargo, necesitaba olvidar, olvidarlo todo; pero, ¿por qué?, ¡ay!..., ¿por qué has venido?...

En el piso superior dos colegiales fumaban mirando hacia abajo, pero a Gurov no le importaba nada. Atrajo hacia sí a Ana Sergeyevna y empezó a besarle la cara, las mejillas y las manos.

-¡Qué estás haciendo, qué estás haciendo! –gritaba horrorizada apartándolo de ella-. ¡Es que estamos locos! Vete; vete ahora mismo... Te lo ruego por lo que más quieras... Te lo suplico... ¡Viene gente!

Subía alguien por las escaleras.

-¡Debes irte! -continuó diciendo Ana Sergeyevna, y su voz parecía un susurro-. ¿Me oyes, Dmitri Dmitrich? Iré a visitarte a Moscú. Nunca he logrado ser feliz; ahora lo soy menos aún, ¡y nunca, nunca lo seré!... No me hagas sufrir tanto. Te juro que iré a Moscú. Pero separémonos ahora, mi amado Gurov, no tenemos más remedio.

Estrechó sus manos y comenzó a bajar las escaleras de prisa, volviendo atrás la cabeza; y en sus ojos pudo observar que de verdad era desgraciada. Gurov esperó algo más, hasta que dejó de oírse el clamor de sus pasos, y entonces fue a buscar su abrigo y se largó del teatro.

## IV

Y Ana Sergeyevna comenzó a ir a visitarlo a Moscú. Cada dos o tres meses abandonaba S... explicando a su esposo que iba a consultar a un doctor sobre un mal interno que sufría. Y el marido a veces le creía y otras no le creía. En Moscú se hospedaba en el hotel del Bazar Eslavo, y desde allí le enviaba a Gurov un mensajero con una gorrita roja. Gurov la visitaba y nadie en Moscú lo sabía.

Cierta mañana invernal se dirigía al hotel a verla -el mensajero había llegado la noche anterior-. Con él iba su hija, a la que llevaba al colegio.

La nieve caía en grandes copos blancos.

-Hay tres grados sobre cero y, sin embargo, está nevando–le dijo Gurov a su hija-. Sólo hay deshielo en la superficie de la tierra; a más altura de la atmósfera la temperatura es totalmente distinta.

-¿Y por qué no hay tormentas en invierno, papá?

Y también le explicó eso.

Hablaba mientras pensaba que iba a verla, que nadie lo sabía y con toda probabilidad no se enterarían jamás. Vivía dos vidas: una llana, abierta, vista y conocida por todo el mundo, llena de relativa franqueza y de relativa falsedad, una vida parecida a la que llevaban sus amigos y conocidos; y otra que fluía en secreto.

Y a través de raras situaciones, tal vez accidentales, resultaba que todo lo que había en él de auténtico valor, de sinceridad, todo lo que constituía el fondo de su corazón se encontraba oculto a los ojos de los demás; en cambio, por otra parte, todo lo que había en él de falsedad, la funda en que solía esconderse para ocultar la verdad - el trabajo en el banco, sus discusiones en el club, lo de la «raza inferior», su asistencia junto a su mujer a los aniversarios y las fiestas-, todo eso lo hacía delante de todo el mundo.

Desde ese momento juzgó a los demás por sí mismo, sin creer en lo que veía y pensando siempre que cada cual vive su verdadera vida en secreto, escondido bajo el manto de la noche. La personalidad permanece siempre ignorada, oculta, y tal vez por ello el hombre civilizado siempre tiene interés en que sea respetada.

Después de dejar a su hija en el colegio, Gurov fue al Bazar Eslavo. Se quitó abajo su abrigo de pieles, subió las escaleras y llamó a la puerta. Ana Sergeyevna, vestida con su traje gris favorito y fatigada por el viaje y la espera, lo esperaba desde la noche anterior. Estaba muy pálida; lo miró sin sonreír, y nada más entrar se echó en sus brazos. Fue un beso lento y prolongado, como si hubiesen pasado muchos años sin verse.

-Y bien, ¿cómo lo vas pasando allí? –le preguntó Gurov-. ¿Qué noticias me traes?

-Espera; ya te contaré..., no puedo hablar ahora.

Y en verdad no podía; estaba llorando. Se volvió de espaldas a él y se llevó el pañuelo a los ojos.

«La dejaré llorar, me sentaré y esperaré», pensó Dmitri; y así se sentó en una butaca.

Mientras tanto, llamó al timbre para pedir que le trajeran el té. Ana Sergeyevna continuaba de espaldas a él mirando por la ventana. Lloraba emocionada, al darse cuenta de lo triste y dura que era la vida para los dos; apenas podían verse en secreto, ocultándose de todo el mundo, como si fueran ladrones. Sus vidas estaban destrozadas.

-¡Ven y cállate! -dijo Gurov.

Para él estaba claro que aquel amor tardaría mucho en acabarse; que no era capaz de encontrarle fin. Ana Sergeyevna lo quería más cada vez. Lo adoraba y no creía necesario decirle que aquello se acabaría alguna vez; además, no lo hubiera creído.

Se levantó a consolarla con algunas palabras de cariño, apoyó las manos en sus hombros y se vio en el espejo.

Comenzaba a blanquearle el cabello. Y le pareció extraño haber envejecido tan rápida y torpemente durante los últimos años. Los hombros sobre los que reposaban sus manos eran aún jóvenes, llenos de vida y calor, y temblaban.

Sintió piedad por aquella vida aún tan joven, tan encantadora, pero posiblemente no tan lejos de apagarse como la suya. ¿Por qué ella lo amaba tanto?

Siempre le había parecido a las mujeres distinto de cómo en realidad era; lo amaban, pero no a él mismo, sino al hombre que habían concebido en su imaginación, a aquel a quien con tanta ansia buscaran toda su vida. Y después, al advertir su engaño, lo seguían amando igual. Pero sin embargo, ninguna mujer fue feliz junto a él. El tiempo pasó, trabó amistad con ellas, convivió con algunas, luego se separó, pero nunca había amado. Podía ser lo que quisiera, pero eso no era amor.

Y ahora, cuando su cabeza empezaba a blanquear en canas, por primera vez en su vida se había enamorado realmente.

Ana Sergeyevna y él se amaban como algo muy cercano y querido, como si fueran marido y mujer, como unos tiernos amigos. Habían nacido el uno para el otro y no podían entender por qué ella tenía un esposo y él una esposa. Parecían dos aves de paso obligadas a vivir en jaulas diferentes. Ambos olvidaron de qué tenían que avergonzarse del pasado, se olvidaron del presente, y sintieron cómo aquel amor los había cambiado.

Otras veces, en ciertos momentos de depresión moral, Gurov se reconfortaba a sí mismo con algún tipo de razonamientos; pero ya no le preocupaban estas cosas. Sentía una profunda compasión, una gran necesidad de mostrarse sincero y tierno...

-No llores más, querida -le dijo-. Ya has llorado bastante, vamos... Ven y hablaremos un poco, podemos trazar algún plan.

Entonces tuvieron una discusión acerca de la necesidad de evitar tantos secretos, sobre verse obligados a vivir en ciudades diferentes y verse tan poco a menudo. ¿Cómo poder librarse de aquel cautiverio intolerable?...

-¿Cómo? ¿Cómo? -se preguntó Gurov con la cabeza entre las manos-. ¿Cómo?...

Y parecía como si en escasos momentos todo fuera a solucionarse y una vida nueva y espléndida se iniciara para ellos; y ambos veían con toda claridad que todavía les quedaba un largo camino, un camino largo que recorrer, y que la parte más oscura y difícil apenas acababa de empezar.

# LA FLOR DEL MEMBRILLO

*( Flower o'the quince )*

## Henry Harland

( 1861-1915 )

# LA FLOR DEL MEMBRILLO

## I

Theodore Vellan había estado lejos de Inglaterra más de tres décadas. Treinta y tantos años antes, su elenco de amigos se había quedado atónito y alarmado ante su imprevista huida y desaparición. En esa época, su posición parecía bastante afortunada. Era joven –solo tenía veintisiete o veintiocho años-; su situación era muy acomodada -con una renta de unas tres mil libras al año-; miembro de una excelente familia, los Shropshire Vellan, cuyo título nobiliario poseía su tío, lord Vellan de Norshingfield; además era sociable, guapo, simpático, popular, y acababa de obtener su escaño en la Cámara de los Comunes -como segundo diputado por Sheffingham-, donde todos presumían que su ambición y su talento lo llevaran muy lejos.

Entonces, renunció a su escaño inesperadamente, y abandonó Inglaterra. No explicó a nadie la causa de su extraño proceder. Solo se limitó a escribir breves cartas de despedida a unos cuantos amigos: «Voy a viajar alrededor del mundo. Estaré ausente por un tiempo indefinido». Ese tiempo indefinido se convirtió en más de treinta años; durante los veinte primeros, sólo su abogado y sus banqueros conocían su dirección, y jamás se la comunicaron a nadie. Respecto a los diez últimos, se supo que vivía en la isla de Puerto Rico, donde poseía una plantación de azúcar. Mientras tanto, su tío había muerto, y un primo - su único hijo- había heredado el título nobiliario. Pero el primo también acababa de morir, sin tener hijos, y todos los bienes y prebendas recaían sobre él. Por este motivo, tuvo que regresar a Inglaterra; según dictaba el testamento de su primo, una veintena de pequeños beneficiarios no hubiesen podido recibir su herencia a menos que el nuevo lord volviera a casa.

## II

La señora Sandryl-Kempton, sentada cerca de la chimenea de su amplio, aireado y descolorido salón, pensaba en el Theodore Vellan de los viejos tiempos y se preguntaba el aspecto que tendría el actual lord Vellan. Acababa de recibir una tarjeta suya esa misma mañana, enviada la víspera desde Southampton, en la que le comunicaba: «Estaré mañana en la ciudad... en el Hotel Bowden de Cork Street». Quería saber también, cuándo podría verla. Le contestó a través de un telegrama: «Ven a cenar esta noche, a las ocho»; y había aceptado. Por ello le había dicho a su hijo que cenara en el club, y estaba ahora junto a la chimenea, esperando la llegada de Theodore Vellan y recordando lo sucedido hace treinta años.

En esa época, estaba aún soltera; y una efusiva amistad que se remontaba a los años en que estudiaron juntos en Oxford, unía a su futuro marido, a su hermano Paul y a Theodore Vellan. Recordó a esos tres jóvenes, apuestos, felices y lúcidos, así como el radiante futuro de cada uno de ellos: su marido en la sociedad de letrados, su hermano en la Iglesia, y Vellan... no en la política, -ella nunca logró comprender sus aspiraciones políticas, que no compaginaban con el resto de su carácter -, sino en la literatura, como poeta, ya que componía unos versos que consideraba muy sonoros y originales. Recordó todo eso, y entonces se percató de que su marido ya estaba muerto, de que su hermano ya estaba muerto, y de que Theodore Vellan ya se consideraba muerto, al menos para su mundo, hace más de treinta años. Ninguno de los tres había destacado en nada; ninguno había estado a la altura de lo que se esperaba de él.

Sus recuerdos eran dulces y amargos a un mismo tiempo; colmaron su corazón de alegría y de tristeza. En su opinión, Vellan había sido sobre todo un joven tierno y sensible. Tenía chispa, sentido del humor e imaginación; pero, sobre todo, era delicado y sensible, lo que se podía descubrir en su voz, en sus miradas y en sus ademanes. Y esa ternura era el cimiento de su encanto... su ternura, que no era sino una pequeña parte de su modestia. «Era tan tierno y sensible, tan modesto, tan simpático y amable», se dijo.

Y muchos de los ejemplos de su ternura, de su modestia y amabilidad acudieron a su recuerdo. Y no es que no fuese varonil. Estaba repleto de fuerza y de optimismo; le encantaba saltar y brincar alegremente como si fuera un niño. Y entonces recordó un hecho que había tenido lugar en esa misma habitación hacía ya más de treinta años. Era la hora del té, y había un plato de galletas de almíbar sobre la mesa; ella, su marido y Vellan se encontraban solos. Su marido cogió un puñado de galletas y las lanzó de una en una al aire, mientras Vellan echaba la cabeza hacia atrás y las almacenaba en la boca... era una de sus habilidades. La señora Kempton sonrió recordándolo, pero al mismo tiempo se llevó el pañuelo a los ojos.

«¿Por qué se fue? ¿Qué sucedió?», se preguntaba mientras renacía con toda su fuerza la antigua incertidumbre ante la conducta de su amigo y ese viejo deseo de comprenderlo. «¿Podría haber sido...? ¿Podría haber sido...?»

Y una vieja suposición, una vieja teoría que nunca había comentado con nadie, pero sobre la que había recapacitado largo tiempo en silencio, volvió a llenarle el cabeza de preguntas.

La puerta se abrió, el mayordomo susurró un nombre, y ella pudo ver a un hombre mayor, alto y apagado, de cabellos canos, que le sonreía y le tendía la mano. Tardó cierto tiempo en comprender de quien se trataba. Sin acordarse del paso del tiempo, había estado esperando a un jovencito de veintiocho años, con el pelo castaño y la piel saludable.

También es muy probable que él, por su lado, se sorprendiera al encontrarse a una señora de mediana edad ataviada con una cofia.

# III

Después de la cena, Theodore Vellan no quiso apartarse de su amiga, y la siguió hasta el salón, donde le dijo que podía fumar. El sacó unos pequeños cigarros cubanos, muy interesantes, con un aroma agradable y delicado.

Ya habían hablado de todo lo que les vino en gana; se habían reído y habían suspirado juntos recordando viejas penas y alegrías. Todos conocemos cómo en las Salas de la Memoria, la Dicha y la Melancolía caminan de la mano, sin un rumbo determinado. Ella lloró algo cuando empezaron a hablar de su marido y de su hermano, pero poco después, recordando algo irónico de ellos, sonrió con los ojos repletos de lágrimas. «¿Recuerdas a Fulano?» y «¿Qué habrá sido de él?» eran el tipo de preguntas que se intercambiaban, evocando a viejos amigos y enemigos como si fuesen fantasmas salidos del pasado. Él había descrito casualmente a Puerto Rico, a sus negros y a sus españoles, a su clima, su flora y su fauna.

En el salón, sentados cada uno a un lado de la chimenea, guardaron unos minutos de silencio. Aprovechando, Theodore Vellan sacó otro de sus pequeños cigarrillos cubanos, lo abrió por un extremo, lo desenrolló, volvió a enrollarlo y finalmente lo encendió.

-Por fin ha llegado el momento en que me cuentes lo que más deseo saber –le dijo ella.

-¿Qué es?

-¿Por qué te marchaste?

-¡Oh! -murmuró su invitado.

Ella esperó unos segundos.

-Cuéntamelo -suplicó.

-¿Te acuerdas de Mary Isona? –le preguntó él.

Ella le dirigió una mirada, como sorprendida.

-¿Mary Isona? Sí,claro.

-Pues bien, yo estaba enamorado de ella.

-¿Estabas enamorado de Mary Isona?

-Sí, estaba terriblemente enamorado de ella. Creo que jamás lo he podido superar.

La señora Kempton contempló el fuego fijamente, apretando sus labios. Vio a una chica delgada, con un vestido negro muy sencillo, un rostro sensible y desvaído, ojos tristes, oscuros pero luminosos, y un abundante cabello negro y ondulado...

Mary Isona, una modesta profesora de música de origen italiano, cuya única relación con el mundo de Theodore

Vellan era de tipo profesional. Venía en algunas ocasiones para tocar el piano o dar clases de música durante una hora o dos.

-Sí -repitió-; estaba muy enamorado de Mary Isona. Nunca lo he estado de ninguna otra mujer. Es tan ridículo que un hombre viejo pueda decir tales cosas, pero todavía sigo enamorado de ella. ¿Un hombre viejo? ¿Acaso somos realmente viejos? Nuestro cuerpo envejece, nuestra piel se arruga, nuestro pelo se vuelve cano; pero, ¿qué ocurre con la mente, con el corazón y el espíritu? Eso que denominamos «yo»... De cualquier forma, no pasa un solo día, ni una sola hora sin que piense en ella, sin que la eche de menos, sin que deje de llorar su pérdida.

Tú ya la conocías... sabías cómo era ella. ¿Recuerdas cómo tocaba? ¿Y sus ojos extraordinarios? ¿Y su bello y pálido rostro? ¿Y la manera en que le salían los cabellos alrededor de la frente? ¡Su conversación, su voz, su talento! Su buen gusto, su instinto... en la literatura, el arte... era el más delicado que he visto jamás.

-Sí, sí, -dijo con lentitud la señora Kempton-. Se trataba de una mujer muy poco corriente. Supongo que llegué a conocerla muy íntimamente..., mejor que nadie. Conocí todas las circunstancias tristes de su vida: tenía una madre terrible y vulgar; un pobre padre soñador e ignorante; era pobre y tenía que trabajar duramente. Si tanto la amabas, ¿por qué no te casaste con ella?

-Porque ese amor no era correspondido.

-¿Se lo preguntaste?

-No, era innecesario. Continué amándola en silencio.

-Nunca se puede estar seguro. Deberías habérselo preguntado.

-Como es natural, estuve a punto de hacerlo muchas veces. Mis dudas me atormentaban a todas horas, pensando si tendría una oportunidad, entre esperanzado y temeroso. Pero siempre que estaba a solas con ella, comprendía que mi amor era algo imposible. Su manera de tratarme... era sincera y amistosa. No podía interpretarse de otra forma. Jamás pensó en la posibilidad de amarme.

-Fue un error no preguntárselo. Nunca puedes estar seguro. ¡Oh! ¿Por qué no se lo preguntaste? -exclamó su antiga amiga, emocionada profundamente.

Theodore Vellan la miró sorprendido e impaciente.

-¿De verdad crees que podía haber sentido algo por mí?

-¡Oh! Tendrías que habérselo dicho; deberías habérselo preguntado -repitió.

-Bueno..., ya sabes ahora por qué me fui.

-Sí.

-Cuando me enteré de su... su... fallecimiento -no fue capaz de decir suicidio-, todo terminó para mí. Fue algo tan espantoso, tan inexplicable. Seguir con mi vida de siempre, en ese mismo lugar, entre la misma gente, era totalmente imposible para mi. Quería seguir su camino. Hacer lo mismo que ella. La única alternativa que tenía era irme lejos de Inglaterra, lo más lejos de mí mismo como fuese posible.

-En ocasiones -confesó poco después la señora Kempton- me pregunté si tu huida no tendría algo que ver con la muerte de Mary... ¡pasó tan poco tiempo entre ambas! A veces me pregunté si, posiblemente, no estabas enamorado de ella. Pero no me lo podía creer...,debía ser sólo porque ambas cosas habían coincidido en el tiempo. ¡Ay! ¿Por qué no se lo dijiste? ¡Es terrible! ¡Terrible!

# IV

Cuando él se despidió, ella se quedó sentada un momento junto al fuego. «La vida consiste en arriesgarse a cometer errores... arriesgarse a cometer errores. Vivir es arriesgarse a cometer errores», pensó.

Era una frase que había leído en un libro algunos días antes; en aquel momento había sonreído al verla y ahora resonaba ante sus oídos como la voz de un irónico anticristo.

-Sí, arriesgarse a cometer errores -murmuró.

Se puso en pie y fue hasta su escritorio; abrió un cajón, revolvió su interior y sacó una carta... una vieja carta; el papel estaba amarillento y la tinta medio borrosa. Regresó a la chimenea, extendió la carta y la leyó. Eran seis páginas cortadas de un cuaderno llenas con una letra chica y femenina. Era una misiva que Mary Isona le había enviado la víspera de su muerte, hacía ya más de treinta años. La joven le narraba los duros pormenores de su vida; pero aseguraba que todos habían sido soportables, excepto un horrible secreto. Estaba enamorada de un hombre que apenas era consciente de su existencia. Ella, una desconocida italiana sin nada de particular, profesora de música, se había enamorado de Theodore Vellan. Era como estar enamorada de un habitante de otro planeta, ¡pertenecían a dos mundos tan distintos! Ella le amaba... le amaba... pero sabía que su amor era imposible, y no era capaz de resistirlo. Oh, sí; en ocasiones se encontraba con él, en un sitio o en otro, en las casas donde acudía a tocar, a dar clase. Era muy educado con ella, y más que educado... era hasta bondadoso; solía hablar con ella de literatura, de música... «Es tan amable, tan enérgico, tan culto; pero nunca ha pensado en mí como mujer... una mujer capaz de amar y de ser amada. ¿Por qué motivo iba a hacerlo? Si una polilla se enamora de una estrella, la polilla debe sufrir... Soy cobarde, débil; puede pensar de mí lo que quiera; pero ya soporto más de lo que puedo aguantar. La vida es muy dura... demasiado dura. Mañana estaré muerta. Y usted será la única persona que conozca el por qué, y siempre guardará mi secreto.»

-¡Fue una lástima! ¡Una verdadera lástima! -pensó la señora Kempton-. Se preguntó si debía haberle enseñado la carta de Mary a Vellan.

# LA CONDESA DE TENDE

## DE TENDE

( *La Comtesse de Tende* )

## Madame de La Fayette
( 1634 – 1693 )

# LA CONDESA DE TENDE

La señorita de Strozzi, hija del mariscal y pariente próxima de Catherine de Médicis, se casó el primer año de la regencia de la reina con el conde de Tende, de la casa de Saboya, rico, apuesto, el cortesano que vivía con más lujo, y más propenso a la estima que al amor. Sin embargo, su esposa lo amó al principio con pasión; era aún muy joven. Él solo la consideró como a una niña, y pronto ese enamoró de otra. La condesa de Tende, dinámica y con temperamento italiano, se puso celosa; no tenía descanso ni se lo concedía a su esposo, que evitó su presencia y dejó de vivir con ella como un hombre suele vivir con una mujer.

Con el tiempo la belleza de la condesa floreció; mostró una gran inteligencia; todo el mundo la miraba con admiración; se preocupó más de sí misma y se curó gradualmente de sus celos y de su pasión. Se hizo amiga íntima de la princesa de Neufchâtel, una joven bella, viuda del príncipe de igual nombre que le había dejado, tras morir, el título que la convertía en el mejor y más radiante partido de la corte.

El caballero de Navarre, un descendiente de los antiguos soberanos del reino, era también por aquel entonces joven, bello, muy inteligente y distinguido, aunque la perversa Fortuna no le había proporcionado más bienes que el de su nacimiento. Se interesó por la princesa de Neufchâtel, de la que conocía su inteligencia, como la de una persona capaz de un afecto violento y apropiada para hacer fortuna de un hombre como él. Con este motivo, se vinculó con ella sin estar enamorado y atrajo su atención.

Estaba orgulloso de haberlo logrado, pero se encontraba aún muy lejos del éxito total al que pretendía llegar. Nadie conocía su propósito; sólo le había hecho la confidencia a uno de sus amigos, y este era también íntimo amigo del conde de Tende, por lo que hizo que el caballero de Navarre consintiera en confiarle su secreto al conde, con la idea de que él le obligaría a servirle ante la princesa de Neufchâtel.

El conde de Tende ya apreciaba al caballero de Navarre; habló de él con su mujer, por quien empezaba a tener una mayor consideración, y le suplicó que hiciera la gestión que tanto deseaban.

La princesa de Neufchâtel había hecho ya una confidencia de su admiración hacia el caballero de Navarre a la condesa, lo que la fortaleció. El caballero fue a visitar a la condesa de Tende, tuvo trato y cruzó palabras con ella, pero, nada más verla, se enamoró con violenta pasión. Sin embargo, no se entregó a esta pasión desde un primer momento, pues advirtió los impedimentos que esos sentimientos divididos entre amor y ambición supondrían para sus objetivos, y se resistió. Pero, para poder resistirse, era preciso que no viera muy frecuentemente a la condesa de Tende, y él la veía todos los días, cuando buscaba a la princesa de Neufchâtel, y así se enamoró perdidamente de la condesa. No fue capaz de ocultar su pasión por completo y la condesa lo advirtió; su amor propio se sintió halagado, y comenzó a sentir un violento amor por él.

Cierto día, cuando la dama le estaba hablando de la gran suerte de poder desposarse con la princesa de Neufchâtel, mirándola con una expresión en la que desnudaba su pasión por completo, le dijo: «¿Y creéis vos, señora, que no hay otra fortuna que yo prefiriese antes que la de casarme con esta princesa?» La condesa de Tende se sintió muy impresionada por las miradas y las palabras del caballero. Lo miró con los mismos ojos con los que él la miraba, y entre ambos se produjo una alteración y un silencio mucho más elocuente que las palabras.

Desde ese momento, la condesa se sumergió en una conmoción que la impedía dormir: sintió el remordimiento que produce robarle a una amiga el corazón de un hombre con el que va casarse solo por amor, una amiga que pretendía desposarse con él con la censura de todo el mundo, y jugándose su rango.

Esta traición le produjo temor, y la vergüenza y las desdichas que suele provocar la cortesía se desplegaron ante su ánimo. Pudo prever el abismo en el que podía caerse y decidió evitarlo.

Pero no mantuvo bien sus decisiones. La princesa estaba casi totalmente decidida a casarse con el caballero de Navarre, aunque no se encontraba satisfecha de la pasión que él le demostraba y no comprendía la ligereza de los sentimientos del joven, de lo que se quejó a la condesa de Tende, comparando lo que ella sentía hacia él y el interés que él ponía en engañarla. La condesa intentó tranquilizarla; pero las quejas de la señora de Neufchâtel terminaron por aturdirla y hacerle ver su traición, que le costaría con seguridad la fortuna a su pretendiente. La condesa advirtió al caballero de la desconfianza surgida en la princesa. Pero él demostró indiferencia por todo excepto por ser amado por ella y, por orden de la condesa, se contuvo y tranquilizó a la princesa de Neufchâtel de tal manera, que ésta le hizo conocer que estaba totalmente satisfecha del caballero de Navarre a la condesa.

Entonces los celos prendieron en la condesa, ya que empezó a temer que su enamorado quisiera verdaderamente a la princesa; comprendió todas las razones que él tenía para amarla. Su matrimonio, que ella había incitado, le produjo terror, pero aún así no quiso que él lo rompiera, y por ello se encontraba ante una cruel incertidumbre. Le reveló al caballero todas las inquietudes que sentía respecto a la princesa de Neufchâtel, pero ocultándole sus celos y creyendo, a ciencia cierta, que se los había ocultado.

La pasión de la princesa superó al fin todas sus dudas. Entonces decidió casarse, pero en secreto y sin anunciarlo hasta una vez consumado.

La condesa estuvo a punto de sucumbir de aflicción. El día elegido para la boda se celebró una ceremonia pública a la que asistió su marido; ella envió a todas sus doncellas; dio orden de que no deseaba ver a nadie y se encerró en su despacho, tumbada sobre una hamaca de descanso y abandonándose a todo aquello a que los remordimientos, el amor y los celos pueden hacer sentir de crueldad.

Estando en tal estado, oyó abrir una puerta secreta de su despacho, y apareció el caballero de Navarre, emperifollado y con una gracia superior a la que nunca le había visto.

-Caballero, ¿dónde vais? -dijo - ¿Qué buscáis? ¿Habéis perdido el juicio? ¿Qué ha pasado con vuestro matrimonio? ¿Acaso pensáis en mi reputación?

-Quedad tranquila por vuestra reputación, señora -contestó-. Nadie puede saberlo; nada importa mi matrimonio, nada importa mi fortuna, sólo importa vuestro corazón, señora, y el ser amado por vos. Renuncio a todo lo demás. Me habéis hecho entender que no me odiáis, pero me ocultáis que soy lo suficientemente feliz como para que mi matrimonio os cause dolor. Vengo a deciros, señora, que estoy dispuesto a renunciar a él; que sería una tortura para mí, y que sólo pretendo vivir para vos. En el preciso momento en que os hablo me están esperando, ya todo está listo; pero voy a anularlo si, al hacerlo, logro algo que os sea placentero y os convenza de mi amor.

La condesa se dejó caer en la hamaca de descanso de la que se había incorporado a medias, y mirando al caballero con los ojos repletos de amor y lágrimas, dijo:

–¿Queréis que me muera? ¿Creéis que un corazón puede soportar todo lo que me hacéis sentir? ¡Abandonar por mí la hacienda que os espera! Ni siquiera puedo soportar pensarlo: acudid junto a la princesa de Neufchâtel, caminad hacia la grandeza que tenéis destinada, al mismo tiempo tendréis mi corazón. Haré lo que mi débil conciencia me aconseje con mis remordimientos, con mis incertidumbres, con mis celos, puesto que me veo obligada a confesároslos; pero nunca volveré a veros jamás si no os marcháis ahora mismo a rubricar vuestro matrimonio. Marchaos, no tardéis ni un instante, y por amor hacia mí y hacia vos mismo, renunciad a esta pasión tan poco prudente como la que me demostráis, que puede conducirnos con toda seguridad a terribles adversidades.

El caballero, viéndose tan legítimamente amado por la condesa, se sintió subyugado por la satisfacción del primer momento, pero el horror de entregarse a otra vino a clavarse ante sus ojos. Lloró, se abatió, le prometió todo lo que ella quiso con la condición de que le permitiera volver a verla en aquel mismo lugar. Antes de marcharse, quiso saber cómo había entrado. Él le contestó que había confiado en uno de los escuderos de ella, que antes había sido de él, que le había introducido por el patio de los establos donde estaba la escalera que subía a ese despacho, y que también conducía al aposento del propio escudero.

Mientras tanto, la hora de la ceremonia se aproximaba, y el caballero, presionado por la condesa, se vio obligado a marcharse. Pero se fue, como si fuera a un suplicio, en dirección a la mayor y más grata fortuna a la que un caballero sin patrimonio hubiera sido llevado jamás. Como puede imaginarse, la condesa pasó aquella noche sacudida por sus temores; llamó a sus doncellas esa mañana y, poco después vio a su escudero acercarse a la cama y dejarle encima una carta sin que nadie lo advirtiera. La visión de aquella carta la consternó porque logró reconocer que era del caballero de Navarre; ya que era tan poco creíble que durante aquella misma noche, que era su noche de bodas, hubiese encontrado tiempo para escribirle, que se temió que él hubiera provocado, o que se hubiese presentado algún impedimento al matrimonio.

Abrió aquella carta con una gran emoción y leyó en ella, más o menos, las siguientes palabras:

No pienso más que en vos, mi señora. Estoy solo preocupado por vos y, en los primeros instantes de tener legítima posesión del mayor partido de Francia, cuando casi comienza a amanecer, abandono la habitación en la que he pasado esta noche, para poder confirmaros que me he arrepentido ya más de mil veces de haberos obedecido, y de no haber sido capaz de renunciar a todo y así vivir sólo para vos.

Una carta así, y en el momento en que había sido escrita, impresionaron profundamente a la condesa. Después fue a cenar a casa de la princesa de Neufchâtel, que se lo había pedido. El matrimonio se había hecho público, y se encontró con numerosas personas en la habitación de la dama, pero en cuanto la princesa la vio, dejó a todo el mundo y le pidió que entrara con ella a su despacho. Nada más sentarse, el rostro de la princesa se inundó de lágrimas. La condesa primero se figuró que era debido a la publicación del matrimonio, y que le resultaba más difícil de soportar de lo que había imaginado, pero pronto comprendió que estaba equivocada.

-¡Ay!, señora, -dijo la princesa-. ¿Qué he hecho? Me he casado con un hombre por amor. He consumado un matrimonio desigual, censurado por todos, que me humilla, y además ¡resulta que el hombre que he elegido, ama a otra mujer!

La condesa pensó que iba a desmayarse cuando oyó esas palabras; pensó que la princesa no podía haberse dado cuenta de la pasión de su marido sin haber descubierto el motivo de esta  y no fue capaz de contestar. La princesa de Navarre –llamada así después de su matrimonio- no se percató de su estado, y continuó:

-El príncipe de Navarre -dijo-, lejos de mostrar la impaciencia que debía suponerle la confirmación de nuestro matrimonio, me hizo esperar esa noche. Llegó sin alegría, con el ánimo ocupado y algo contrariado. Después salió de mi lecho al amanecer, con un extraño pretexto. Al volver acababa de escribir algo, lo vi en sus manos. ¿A quién podía haber escrito si no es a una amante? ¿Por qué me hizo esperar? ¿Qué ocupaba su ánimo?

Entonces interrumpieron nuestra conversación, porque había llegado la princesa de Condé. La princesa de Navarre salió a recibirla y se mostró fuera de sí. Esa noche le escribió al príncipe de Navarre para informarle de las sospechas de su esposa, y para pedirle que se contuviese. Su pasión no disminuyó por los peligros ni los impedimentos;

la condesa no encontraba descanso y el sueño no llegaba para poder mitigar sus angustias.

Cierta mañana, después de que llamar a sus doncellas, su escudero se le acercó y en voz baja le dijo que el príncipe de Navarre estaba en su despacho y quería decirle algo que era necesario que supiera. Uno cede fácilmente ante lo que le agrada; la condesa sabía que su esposo había salido; dijo que quería descansar y ordenó a sus doncellas que cerraran las puertas y no regresaran salvo que ella las llamase.

El príncipe de Navarre entró por el despacho y se arrodilló junto a su cama.

-¿Tenéis algo que decirme? -preguntó.

-Que os amo, mi señora; que os adoro, que no podré vivir con la señora de Navarre. Las ganas de veros se han apoderado esta mañana de mí con tal fuerza, que no me he podido resistir. He venido sin que me importara nada que me pudiera suceder, y sin la menor esperanza de hablar con vos.

En un primer momento, la condesa lo regañó por ponerla en un compromiso con tanta ligereza; pero luego, su mutua pasión los encaminó a una conversación tan dilatada que el conde de Tende tuvo tiempo de volver de la ciudad. Se dirigió hacia la habitación de su esposa y le dijeron que no estaba despierta, pero como era tarde, no dejó de entrar en ella y se encontró al príncipe de Navarre arrodillado junto al lecho, tal como se había colocado al llegar. Nunca se produjo una sorpresa parecida a la del conde de Tende, ni un desasosiego que igualara al de su esposa. Sólo el príncipe de Navarre conservó la calma, y sin siquiera alterarse ni levantarse del suelo, dijo:

-¡Venid, venid! ¡Ayudadme a obtener un favor que pido de rodillas y que me es denegado!

Aquel tono y la expresión del príncipe de Navarre paraliza-ron la sorpresa del conde.

-No sé, -contestó con el mismo tono que el príncipe ha-bía empleado- si un favor que solicitáis arrodillado a mi es-posa cuando me aseguran que ella está durmiendo, cuando os encuentro a solas con ella y sin coche ante la puerta, es de los que me agradaría que ella os concediera.

El príncipe de Navarre, ya más tranquilo y sin el agobio del primer momento, se levantó, se sentó con toda liber-tad, mientras la condesa, temblando y fuera de sí, ocultó su nerviosismo bajo la penumbra que regía en el lugar donde se encontraban. El príncipe de Navarre tomó la palabra:

-Vais sin duda a desaprobarme, pero aún así tenéis que ayudarme: amo y soy correspondido por la persona más digna de amor de toda la corte. Ayer me escapé de la casa de la princesa de Navarre y de toda mi gente para acudir a una cita en la que ella me esperaba. Mi esposa, que ya ha adivinado que estoy interesado por otra que no es ella, y que vigila mis actos, supo por mi gente que los había de-jado, y se encuentra en un estado de celos y desesperación sin igual. Le he afirmado que había pasado las horas que tanta preocupación le provocan en casa de la mariscala de Saint-André, que está enferma, y ya no recibe a casi na-die. Le afirmé que la señora condesa de Tende era la única persona que estaba allí, y que podía preguntarle sobre ello. Así, he decidido venir a confiar en la señora condesa. Fui a casa de la Châtre que está sólo a unos pasos de aquí, y salí de allí sin que nadie me viera. Me dijeron que la señora aún estaba despierta; no encontré a nadie en su vestíbulo y he entrado con audacia. La señora condesa se niega a mentir en mi favor porque no quiere traicionar a una amiga, y me ha echado la más sensata bronca posible; yo mismo me la he echado sin que me sirva de nada. Hay que liberar a la señora princesa de Navarre de ese estado de nerviosismo y de celos en el que se encuentra, y, de paso, ahorrarme a mí la mortífera molestia de sus recriminaciones.

La condesa de Tende se sorprendió aún menos de la entereza del príncipe que lo que ya había estado a la llegada de su esposo, pero se calmó y al conde no le quedó ninguna sombra de duda. Se asoció a su esposa para poder hacerle ver al príncipe el abismo de problemas en el que pretendía arrojarse, y todo lo que le debía a la princesa. La condesa le prometió comentarle a ella todo cuanto su esposo deseaba. Pero cuando éste iba a marcharse, el conde lo detuvo, y le dijo:

-Como premio al servicio que vamos a prestaros, a pesar de la verdad, al menos confesadnos el nombre de esa amante. Debe ser poco digna de amaros y conservar esta relación, viendoos comprometido con una criatura tan hermosa como la princesa de Navarre, conociendo que ya estáis casado con ella, y conociendo todo cuanto le debéis. Debe ser alguien de escasa inteligencia, sin ánimo ni sutileza; y, sinceramente, no merece que alteréis una felicidad tan noble como la vuestra, y que os mostréis tan desagradecido y culpable.

El príncipe no supo qué responder y se excusó por tener prisa. El conde de Tende le ayudó personalmente a salir para que nadie pudiera verlo. La condesa se puso muy nerviosa ante el riesgo que había corrido, por las reflexiones que las palabras de su marido le obligaban a hacer, y al descubrir los problemas a los que aquella pasión la comprometía; pero no fue capaz de reunir la fuerza necesaria para deshacerse de ella. Continuó su relación con el príncipe. Lo veía con ayuda de La Lande, su escudero. Se sentía, y así era efectivamente, una de las mujeres más desgraciadas del mundo. La princesa de Navarre cada día le hacía confidencias de unos celos de los que ella era la única causa. Esto le producían grandes remordimientos, pero cuando la princesa de Navarre ese encontraba satisfecha de su esposo, ella era la que se ponía celosa.

Un nuevo suplicio vino a unirse a los que entonces ya padecía: el conde de Tende se enamoró otra vez de ella como si no hubiera sido su esposa; no se separaba nunca de su lado y quería retomar todos los derechos que hasta ahora había despreciado.

La condesa se oponía a ello con una fuerza y una aspereza que rozaba el desprecio; prevenida por el príncipe de Navarre, se sentía ofendida por cualquier otro amor que no fuese el de su príncipe. El conde sufrió sus actos con toda su rudeza y, herido en lo más profundo de su alma, le aseveró que no volvería a molestarla en su vida, y así, en efecto, la abandonó con gran hostilidad.

Una campaña militar estaba próxima y el príncipe de Navarre tenía la obligación de incorporarse al ejército. La condesa de Tende comenzó a sentir los dolores de su ausencia y cierto miedo por los peligros a los que se debería exponer, por lo que decidió evitar la necesidad de tener que ocultar su pena, y se animó a pasar el verano en una casa que tenía a unas treinta leguas de París. Al hacerlo, su despedida fue tan dolorosa, que debieron sacar de ella, tanto uno como otra, un mal presentimiento.

El conde de Tende permaneció junto al rey, como le obligaba su cargo. La corte debía acercarse al ejército y la finca de la señora de Tende no estaba demasiado lejos. Su marido le comunicó que haría un viaje de una sola noche para inspeccionar las obras que había comenzado. No quería que ella pensase que iba a verla, pues ya sentía por su esposa todo el despecho que producen las pasiones.

La señora de Tende había encontrado en un principio al príncipe de Navarre tan provisto de respeto, y ella misma se sentía poseedora de tanta virtud, que nunca desconfió ni de él, ni de ella. Pero el tiempo y las circunstancias triunfaron sobre su virtud y su respeto y, al poco tiempo después de empezar a residir en su finca, pudo confirmar que estaba embarazada.

Para entender su desesperación no hay más que pensar en la reputación que había adquirido y conservado, y en la extraña situación en la que se encontraba con su marido. Muchas veces estuvo predispuesta a acabar con su vida, pero le surgió una ligera esperanza con respecto al viaje de su marido y decidió buscar el éxito. En medio de todo este desaliento, recibió además el dolor de conocer que La Lande, al que había dejado en París para que se encargara tanto de las cartas de su amante como de las suyas, había muerto en unos pocos días, y ahora se encontraba desprovista de cualquier ayuda, en el justo momento en que más la necesitaba.

Entre tanto, el ejército había comenzado un asedio. Su pasión por el príncipe de Navarre le producía constantes temores, hasta incluso en medio de los letales horrores que la aturdían. Sus miedos estuvieron muy bien justificados: recibió cartas del ejército y por ellas conoció el fin del asedio, pero también que el príncipe de Navarre había muerto durante el último día del mismo.

Perdió el conocimiento y la razón; en muchas ocasiones se vio privada de ambos. El excesivo dolor le parecía en algunos momentos una especie de consuelo. No temía nada por su reposo, por su reputación o su vida. Solamente la muerte le parecía algo deseable; la aguardaba de su dolor o estaba decidida a causársela. Un vestigio de vergüenza le obligó a decir que sentía agudos dolores, para tener un pretexto a sus gritos y lágrimas. Numerosas desgracias le hicieron volver sobre sí misma y comprendió que se las había merecido; sólo la naturaleza y el cristianismo la apartaron de convertirse en homicida de sí misma, y lograron paralizar la ejecución de todo aquello que ya había decidido.

El conde de Tende llegó cuando ya hacía mucho tiempo que se encontraba sumida en esos ardientes dolores. Ella creía conocer todos aquellos sentimientos que su triste estado podía provocarle, pero la llegada de su esposo le produjo una desorientación y una confusión que le resultaron novedosas. Cuando llegó, el conde se enteró que su esposa se encontraba enferma, y, como siempre había conservado apariencias de honestidad a los ojos de todos, incluso de la servidumbre, se encaminó primero a su habitación. Se la encontró alienada y sin poder contener sus lágrimas, que atribuía a esos dolores que la afligían. El conde, conmovido por su estado, se enterneció y, creyendo distraerla de sus aflicciones, le habló sobre la muerte del príncipe de Navarre y de la pena de su mujer.

La pena de la señora de Tende no fue capaz de soportar aquella noticia, sus lágrimas se incrementaban de tal forma que el conde se quedó bastante sorprendido y casi advertido: salió de aquella habitación confuso y preocupado; le pareció que su esposa no se encontraba en el estado que producen los dolores corporales; las lágrimas surgidas cuando le había mencionado la muerte del príncipe de Navarre le habían impresionado, y, de repente se le vino a la memoria, el hecho de encontrarle de rodillas junto a la cama de su esposa; recordó aquella actitud que la condesa había adoptado con él cuando quiso volver y creyó comprender toda la verdad. Pero aún le persistía la duda que el amor propio siempre nos deja con respecto a las cosas que nos cuesta mucho creer.

Se desesperó tremendamente y acudieron a él todas sus ideas violentas, pero como era prudente, reprimió sus primeros impulsos y decidió marcharse al día siguiente al amanecer, sin despedirse de su esposa, confiando en que el tiempo le proporcionaría un mayor discernimiento y la ocasión de tomar decisiones.

Por muy sumergida en su dolor que se encontrara la señora de Tende, no había dejado de darse cuenta del escaso control de sí misma que había demostrado, y de aquella expresión con la que su marido había salido de su habitación. Sospechó parte de la verdad y, no teniendo en ese momento más que terror por la vida, se decidió a perderla de una manera que no la impidiese disfrutar de la esperanza en la vida eterna.

Una vez sopesado lo que iba a hacer, con una conmoción mortal, con sus tristezas y arrepentimiento ante su error, se decidió al fin a escribir a su esposo estas palabras:

*Esta carta me costará la vida, pero me merezco la muerte y la deseo. Estoy embarazada; el responsable de la causa de mi tristeza ya no vive en este mundo, al igual que el único hombre que conocía nuestra relación; el resto de la gente no la sospechó jamás. Había decidido ponerle fin a mi existencia con mis propias manos, pero se la ofrezco a Dios y a vos, como expiación de mi culpa. No he pretendido la deshonra ante los ojos del mundo porque mi reputación os afecta también; conservadla por amor a vos mismo. Voy a enseñar el estado en que ahora me encuentro; podéis ocultad la vergüenza del mismo y hacedme fenecer, cuándo y cómo queráis.*

El día nacía cuando terminaba esta carta: la más difícil de escribir que jamás se haya escrito. La cerró y se aproximó a la ventana; y viendo al conde en el patio a punto de subir

184

a su carroza, mandó a llevársela a una de sus doncellas y a decirle que no contenía nada urgente, que podía leerla cuando quisiese.

El conde se sorprendió con la carta; tuvo un presentimiento, no de todo lo que en ella iba a leer, pero sí de algo que tuviera alguna relación con lo que había sospechado la noche anterior. Entró solo a la carroza, nervioso y sin atreverse a abrir la carta, a pesar de la impaciencia que mostraba por leerla. Al fin la leyó y conoció toda su vergüenza. ¡Qué no pensaría después de haberla leído! Si hubiese habido algún testigo, el vehemente estado en que se encontraba lo habría hecho parecer carente de razón, o a punto de perder la vida.

Los celos y las sospechas firmemente fundadas preparan normalmente a los maridos para conocer su desgracia. Siempre les quedan algunas dudas, pero en escasas ocasiones tienen la certeza que proporciona una confesión y que está por encima de nuestra comprensión.

El conde de Tende siempre había encontrado a su mujer digna de ser amada, aunque él no lo hubiese hecho de forma continuada. Siempre le pareció la mujer más deseable que hubiese visto nunca, por lo que en esos momentos no sentía menos sorpresa que furia, y pese a ambas, todavía sentía, en contra de su voluntad, un dolor no carente de algo de ternura.

Se detuvo en una casa que encontró en el camino; en ella pasó unos días inquieto y apenado, como se puede imaginar; al principio solo pensó en todo lo que es natural pensar en una situación así; en matar a su esposa, pero la muerte del príncipe de Navarre y la de La Lande, al que fácilmente reconoció como el confidente, suavizaron algo su arrebato. Pensó que el matrimonio del príncipe de Navarre podía haber engañado a todo el mundo, ya que él mismo lo había estado. Después de una evidencia tan clara como la que había tenido ante sus ojos, el total desconocimiento del público hacia su desgracia le supuso un verdadero alivio, pero los sucesos que le hacían comprender hasta qué punto y de qué manera había sido engañado, le atravesaban el corazón y sólo podía respirar venganza. Sin embargo, pensó, que si provocaba la muerte de su esposa y se percataban de su embarazo, podían sospechar fácilmente la verdad. Como era el hombre más orgulloso de este mundo, tomó la decisión que más convenía a su reputación y llegó a la conclusión no permitir ver nada al público. Con dicha idea, envió un mensajero con la siguiente nota para la condesa:

*El deseo de impedir la vergüenza del escándalo que supondría, en estos momentos es más poderoso que mi deseo de venganza. Más tarde ya pensaré qué decido respecto a vuestro vergonzoso destino. Comportaros como si hubieseis sido siempre lo que debíais ser.*

La condesa recibió aquella nota con cierta alegría; la consideró como su pena de muerte; y al comprobar que su marido consentía en que mostrara su embarazo, comprendió que la vergüenza es la más fuerte de todas las pasiones. Encontró cierta tranquilidad al sentirse segura de morir y al ver cómo su reputación resultaba preservada; ya no pensó en otra cosa que en prepararse para morir, y como era un ser en el que todos los sentimientos eran decididos, se abrazó a la virtud y a la penitencia con idéntico ardor al que se había entregado a su pasión. Por otro lado, su alma estaba desengañada y sumida en la desolación; no podía poner su mirada en nada de esta vida sin que le resultara más áspera que la misma muerte, de manera que no veía remedio alguno a su martirio mas que el final de su desgraciada existencia. Pasó algún tiempo en tal estado, estando más muerta que viva y finalmente, sobre el sexto mes de embarazo, su cuerpo claudicó. Una continua fiebre la atrapó y tuvo que dar a luz por la violencia de su mal. Pudo consolarse al ver a su hijo vivo, estando segura de que no podría sobrevivir y de que no le daría a su esposo un heredero ilegítimo. Expiró unos días después, recibiendo la muerte con una alegría que nadie jamás ha sentido; le encargó a su confesor que informase a su marido de la noticia de su fallecimiento, que le pidiera perdón en su nombre y que le suplicara que olvidara su recuerdo, pues sólo podía resultarle odioso.

El conde de Tende recibió la noticia con humanidad, incluso con ciertas muestras de piedad, pero también con alegría. Aunque aún era lo bastante joven, no quiso nunca volver a casarse y vivió hasta una avanzada edad.

# ÍNDICE

Nos encuentras en:
**www.mestasediciones.com**